色褪せぬ熱きあの時代

リングへの想い
いまだ醒めず——

船木誠勝が語る
プロレス・格闘技の強者たち

MASAKATSU FUNAKI TALKS
THE STRONGEST IN THE RING

竹書房

プロローグ

リングデビュー40周年を迎えて

刻の流れは早いもので、自分が東京ドームのリングでヒクソン・グレイシーと闘ってから、四半世紀が過ぎようとしています。

（もう、そんなに時間が過ぎたのか）

実感が沸きません。ヒクソンと試合をしたのは2000（平成12）年、なのに僅か数年前のことのように感じるからです。

もっと遡《さかのぼ》れば、新日本プロレスのリングでデビューしたのは1985（昭和60）年3月3日。そこから数えると40年以上が経過したことになります。

自分と同年代のプロレス、格闘技を応援してくれているファンの方も同じように刻の流れは早いと感じられているのではないでしょうか。

今年は自分にとって「プロレス・格闘技生活40周年YEAR」。

振り返れば、国内外のプロレスのリング、格闘技の舞台で数多くの選手と試合をしてきました。

デビュー戦の相手は後藤達俊さんでした。当時15歳だった自分は緊張し、またリング上で何をすればよいのか迷いながら試合をし強烈なバックドロップを喰らい負けました。以降、正確に数えてはいませんが1000試合以上をしてきたと思います。上がったリングもさまざまです。

新日本プロレス、オーストリア、ドイツでのCWA、イギリスのオールスタープロモーション、UWF、藤原組、パンクラス、コロシアム2000。復帰後はK-1Dynamite!!、DREAM、全日本プロレス、WRESTLE-1、DRADITION、大日本プロレス、DRAGONGATE、超花火プロレス、DDT、プロレスリング・ノア、GLEAT、天龍プロジェクト、ストロングスタイルプロレス、道頓堀プロレス、闘宝伝承……等々。

勝って嬉しかった試合、負けて悔しかった試合、納得できた試合、後悔した試合、新たな発見があった試合、自分を成長させてくれた試合……。リング上でさまざまな経験ができました。

思い起こせば、闘ったプロレスラー、格闘家は皆、個性の強い人たちばかり。またプロレスのスタイルも団体によって異なり、戸惑いを感じたこともありました。

それでも、全力で駆け抜けてきた自負はあります。

プロレス、格闘技生活40周年を迎えたいま、自分の闘いをここで改めて振り返り、これまでに明かしてこなかったことも含め本音で綴ってみたいと思います。

第一章 新日本プロレス編

Chapter 1

NEW JAPAN PRO-WRESTLING

最も怖くて、最もカッコいいプロレスラー・アントニオ猪木

一番カッコよかったプロレスラーは誰か?

そう問われたならば、自分の答えは一つしかありません。

〝燃える闘魂〟アントニオ猪木さんです。

アントニオ猪木（アントニオいのき）／本名・猪木寛至（いのき・かんじ）

１９４３（昭和18）年、神奈川県横浜市出身。13歳の時に母、祖父、兄弟とともにブラジルに移住。現地で力道山にスカウトされ60年に「日本プロレス」に入門する。同年９月にジャイアント馬場とともにデビュー。72年に「新日本プロレス」を旗揚げ、エースとして活躍し人気を博した。76年６月には当時のプロボクシング世界ヘビー級王者モハメド・アリと異種格闘技戦を行い、世界に名を轟かせた。89（平成元）年にスポーツ平和党を結成し出馬、当選し参議院議員になる。98年４月に現役引退。その後はプロレス、総合格闘技のイベントプロデューサーも務めた。２０２２（令和４）年10月に他界。享年79。元ＮＷＦヘビー級王者、元ＩＷＧＰヘビー級王者。

いまから約40年前、15歳の時に自分は新日本プロレスに入門しました。その頃の先輩たちの多くは、猪木さんに憧れを抱きプロレスラーになったようです。でも自分の場合、そうではありませんでした。十代前半に憧れたレスラーは、ミル・マスカラス、そしてタイガーマスク。リング上で華やかな動きを披露する彼らの姿に魅了されたのです。

生まれ育った青森で、最初にテレビで観たのは「全日本プロレス」でした。

当時の全日本プロレスでは外国人選手同士の闘いが熱く、一番強く記憶に残っているのが小学生の時に見た「ザ・ファンクス（テリー・ファンク＆ドリー・ファンク・ジュニア）vs.アブドーラ・ザ・ブッチャー＆ザ・シーク」。ブッチャーの凶器攻撃でテリーが大流血し、観ていて気持ちが悪くなりました。

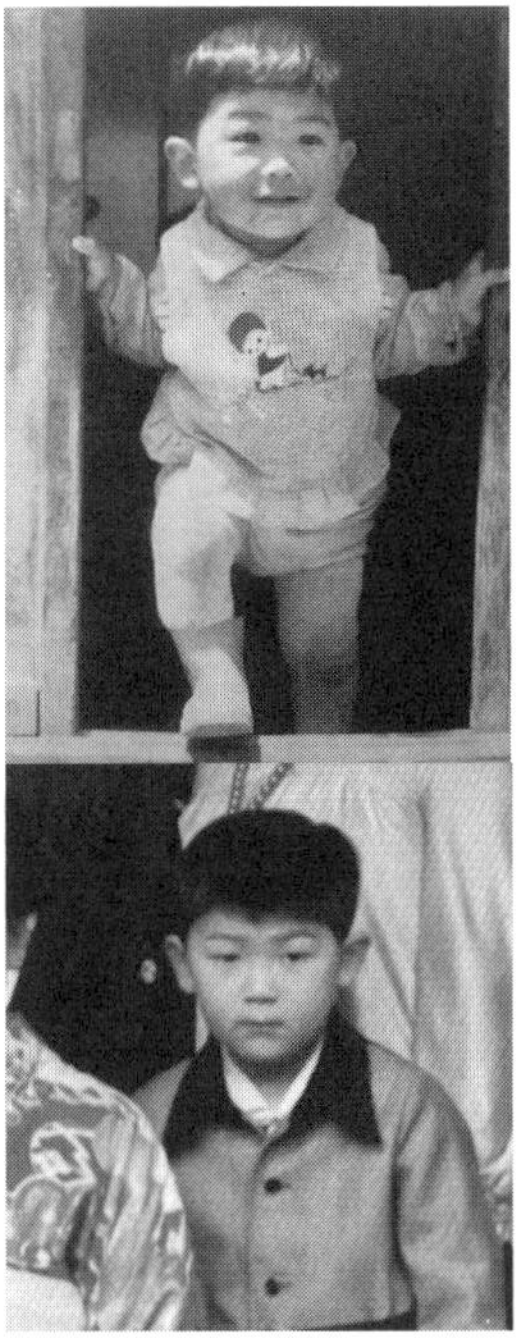

1969年3月13日、青森県弘前市で生誕。

一方で、夏になると全日本プロレスにはマスカラス・ブラザーズが来日します。「仮面貴族」ミル・マスカラスが繰り出す華麗フライング・クロスチョップ、トップロープからのフライング・ボディアタックなどの華麗な空中殺法に魅せられました。

後に新日本プロレスのリングにタイガーマスクが登場します。それまでのプロレスの常識を覆すスピーディで躍動感溢れる「四次元殺法」の虜《とりこ》になりました。

中学生の頃に自分が憧れたプロレスラーはマスカラス、タイガーマスクだったのです。新日本プロレスに入門してからも、猪木さんと接する機会はほとんどありませんでした。猪木さんは団体のエースで社長です。新弟子の自分にとっては、〝憧れの選手〟ではなく、〝雲の上の存在〟でした。

「船木、今日の試合は何点だ？」

そんな猪木さんを〝怖い〟と実感したのは、自分がデビューして1カ月が経った時でした。忘れもしません。埼玉県の深谷市市民体育館での試合（1985年4月2日、畑浩和戦）中に怒鳴り声が聞こえたのです。

「×××、この野郎！」

体育館の奥の方で誰かが怒鳴っています。「この野郎！」以外は上手く聞き取れませんでした。最初は猪木さんの声だとは思わず、誰かが控室で怒られているのかな、と思って

1984年3月、中学校を卒業後、新日本プロレスに入門。1985年3月3日に当時史上最年少の15歳11カ月でリング・デビューを果たした。

いたのです。

「×××、この野郎！」

もう一度、怒鳴り声が響きます。その時にリングに向けられていることを悟りました。

（猪木さんの声かもしれない）

そう感じ、ドキッとしました。

試合を終え通路を戻り、控室のドアを開けると猪木さんが立っていました。あの時の猪木さんの怒りの形相は、いまも忘れられません。いきなり、ぶん殴られました。

「何だ、いまの試合は！　あんな試合しかできないのか！」

そう怒鳴られ、ショックで気が動転しました。15歳、デビュー12戦目。リングに上がっても自分が何をすればよいのか迷いながら試合をしていた頃のことです。

（これでクビになる）

咄嗟にそう思い、辛い気持ちで控室を出て、近くの階段に座り頭を抱えていました。

そこに何故か、藤波辰巳さんと荒川真さんが来ました。しょんぼりしている自分に藤波さんが声をかけてくれます。

「お前な、あんなふうに怒られたらショックだろうけど、言ってもらえるだけいいんだぞ。俺なんかもう何も言われないんだから」

そう言われてもショックは消えませんでしたが、有難くは思いました。

次の日もリングに上がり蝶野正洋さんと試合をして負けます。控室に戻ると、猪木さんが言いました。

「今日の試合は何点だ？」

もちろん「１００点です」とは言えません。でも「０点です」と言えば無茶苦茶に怒られそうな気がして「50点です」と答えました。

「何でお前は１００点の試合ができない！」

猪木さんから、そう怒鳴られました。

それから試合後には必ず、猪木さんが聞いてきます。

「今日は何点だ？」と。

「50点です」「55点です」「60点です」

基準もよくわからず、そんな風に答える自分は、猪木さんからは「１００点と言える試合をしろ！」と怒られ続けました。当時はプレッシャーを感じ怖かっただけでしたが、いまになると猪木さんが自分に何を言いたかったのかがよくわかります。

（緊張感を持って試合をやれ！　今の全力を出せ！）

そう伝え育ててくれようとしたのだと思います。初めて怒られた日に、藤波さんと荒川さんに、落ち込んでいる自分のところへ行き声をかけてくるように言ったのも、おそらく猪木さんだったのでしょう。

　そのシリーズが終わりに差しかかった頃に猪木さんが控室で言いました。

「何でこんなことを俺が毎日やらなきゃいけないんだ！　やらせるな！」

　近くに星野勘太郎さんがいました。

　猪木さんは星野さんに顔を向けて言ったのです。

「星野、明日からお前が見ろ！」

　翌日から自分の監視係は星野さんになりました。

　最初は星野さんも「今日は何点だ？」と聞いてきましたが、すぐにそんなことは言わなくなりました。ただ怒るのです。どこが悪いとか、ここをこう直せといった具体的なことは何も言ってくれません。自分もどうすればよいのかわからないまま、毎日のように怒られていました。

　次の日の対戦カードは前日に決められていますから、リングアナウンサーのケロ（田中秀和）さんのところに聞きにいきます。

「明日、船木は休み」

　そう言われると「明日は怒られなくてすむ」と思いホッとしたものでした。

猪木流・本当のボディシザース

星野さんの監視は、その後もしばらく続きましたが、以降は猪木さんから何かを言われることはなくなりました。

それでも1年に1回、「来い!」と誘われました。道場、あるいは地方会場での練習中に行われるスパーリングにです。

猪木さんとスパーリングをする機会はは、ほとんどなかったのですが新日本プロレス時代に3回だけありました。猪木さんが亀になった状態からスパーリングは始まるのですが、なかなか体勢を返して攻めることができません。そのうちに自分が引っ繰り返されてボディシザースを決められてしまいます。

このボディシザースは強烈でした。猪木さんは膝から下が長く、その脚で胴体を絞めつけてきます。あれが本当のボディシザースなのだと思います。完全に胴体を締められてギブアップしたくなるような痛みを感じたものでした。

結局、自分は猪木さんの関節技を一度も決めることはできませんでしたが、スパーリングを通して自分の成長を実感出来ました。毎日のように藤原さんたちとセメントの練習をしていましたから徐々に強くなっていたのだと思います。2度目のスパーリングでは、決められる数が少なくなりました。すると猪木さんは、(なかなか、やるじゃないか)と言わんばかりの表情で、上の体勢から顎を目に押しつけてきたりもしました。

3回目の時は自ら決めるには至らないまでも、決められなくなっていました。この頃の猪木さんは糖尿病を患ったこともあり、かなり体力が落ちていたのだと思います。

猪木さんはスパーリングを通して、自分の成長を確認してくれていたのでしょう。僅か3回ですが、猪木さんとのスパーリングは、十代の自分にとって貴重な経験でした。

猪木さんの背中はとても大きくて温かかった。

最初で最後の猪木さんとの対戦

猪木さんとリング上で闘ったことも一度だけあります。

1988年4月10日、大阪府立体育会館での「新日本プロレス・ファン感謝デー」のリングでした。

エキシビションマッチ、アントニオ猪木vs.山田恵一&船木優治。

猪木さん45歳、山田さん23歳、自分19歳の時のことです。

1対2の変則マッチですが、山田さんと自分がタッグを組む形式ではありませんでした。まず自分が猪木さんに挑み、その後に山田さんが闘います。それぞれ5分1本勝負。

自分は、この直後にヨーロッパ遠征が決まっていました。おそらくは、そのはなむけの意も込めて組んで頂いたカードだと思います。でも実際のところ、自分はまったく嬉しくありませんでした。むしろ（大変な仕事を任されたな）と思い憂鬱でした。

試合前に山田さんと一緒に猪木さんのところへ挨拶に行きました。

「よろしくお願いします」

猪木さんの返事は素っ気ないものでした。

「あぁ」

それだけです。

どんな試合になるのか、何をやればよいのか自分にはまったく想像がつきませんでした。

「どうしますか?」

そう山田さんに言いましたが答えてくれません。ただ憂鬱な自分とは真逆で山田さんは、やる気満々でした。

また「ファン感謝デー」の会場風景は、通常の大会とは大きく異なっていました。お客さんが入るのは2階席のみでアリーナには椅子が並べられておらず、ガラーンとしたフロアの中央にリングが設置されています。リング上の照明もありません。お客さんがいないところを猪木さんが歩いてくるシーンをリング上から見ながら、妙な違和感をおぼえたものでした。

ゴングが打ち鳴らされた後も、自分は迷っていました。

(何を仕掛ければよいのか)

そんな気持ちを見透かしたかのように猪木さんがビンタを見舞ってきました。

「来いよ!」と言わんばかりに鋭い目で自分を睨みつけてきます。掌打を返しました。すると猪木さんは実に柔らかい動きでグラウンドに引き込んできます。その後、ヨーロッパスタイルに近い寝技の攻防。アッと言う間に残り時間が少なくなっていました。立ち上がった際に自分は〈ドロップキック→ボディスラム→逆エビ固め〉を遂行しようとしたのですが、見事にスカされます。ドロップキックをかわした猪木さんが直後に、決め技の延髄斬り。そのままスリーカウントで試合を終えました。タイム4分15秒。

試合になったら社長でも関係ない…非情の人・山田恵一

ここで一度、区切りがあって次に猪木さんと山田さんが試合をするのだと自分は思っていましたが、そうではありませんでした。自分が3カウントでフォールされるとすぐに山田さんがリングに飛び込み、猪木さんにストンピングを見舞っていったのです。

驚きました。まったく打ち合わせなんてありません。

「そう来るか」という感じの表情を猪木さんはしていました。そして立ち上がると山田さんにナックルパートを叩き込み、卍固め。

(これでフィニッシュだ)

リング下にいた自分は、そう思いました。

ところが、卍固めをかけられた山田さんが、自分に視線を向け合図するのです。

「入って来い!」と。

戸惑いました。これで試合が成立するのに自分が乱入してよいのかどうか。社長の猪木さんも怖かったですが、身近な先輩の山田さんは、もっと怖い。ここで合図を無視したら後で何をされるかわかりません。意を決してリングに飛び込み卍固めを崩しました。

こうなったら、もうやるしかありません。二人で猪木さんにストンピングを加えた後、ダブル・ドロップキック、ダブル浴びせ蹴りの波状攻撃。さらには二人がかりで猪木さんに覆いかぶさりカウント3を数えてしまいました。

（とんでもないことをやってしまった）

自分はそう思いましたが、山田さんからはそんな雰囲気をまったく感じませんでした。

（猪木さんとはやりたくないなぁ）と感じていた自分と、ヨーロッパでの武者修行から帰国したばかりで（ファンにインパクトを与える試合をしたい）山田さん。猪木さんとの試合に対する想いは、まったく違っていました。

（試合になったら社長も何も関係ない！）

山田さんは、時に「非情な人」になり切れるのです。

「謝って来い！」

控室に戻る途中で星野さんに怒られました。そのまま、猪木さんの控室に行きます。

「すみませんでした」

山田さんと自分は声を揃えて謝りました。

猪木さんは怒らず、顔色も変えません。自分たちを睨みつけることもなく「あぁ」とだけ呟くように言葉を発しました。

「馬鹿野郎！」と怒鳴りつけてくるのではなく「あぁ」です。とても不気味で怖く感じたものです。

すべてにおいて大スターの雰囲気を醸していた、“燃える闘魂”アントニオ猪木。

猪木さんはプロレスラーの域を超えたスター

その後に、猪木さんと接したのはヨーロッパ遠征から帰国した後でした。すでにUWFに移籍することを決めていた自分は、猪木さんのところに報告と挨拶をしに行きました。

あの時は、次なるステップとしてUWFへ行くことだけを考えていて、それまでのことを振り返る余裕がなかったのです。自分は猪木さんの新日本プロレスで育ててもらいました。なのに、やっと一人前のレスラーになったところで他団体に行くわけです。猪木さんの立場としては、やり切れなかったことでしょう。その気持ちは、いまならよくわかります。

猪木さんは入門直後から目をかけてくださり、敢えて厳しく指導してくれました。

「すみませんでした。そして、ありがとうございました」

猪木さんの三回忌、墓前で手を合わせ自分は心の中でそう言いました。

師弟ではなく、ひとりのプロレスファンとして見ても猪木さんは、とてつもなくカッコよかったです。控室で赤いロングガウンを羽織り、髪を櫛で整え、テーマ曲『イノキ・ボンバイエ』が流れる中、大声援を浴び颯爽とリングに向かいます。そして、コールされると同時にガウンをはだく。その仕草の一つ一つがスターの雰囲気を醸していました。

そして、写真うつりの良さにもいつも驚かされました。スポーツ紙、プロレス専門誌に掲載される猪木さんの写真は常に鬼気迫るものでした。まるでカメラを意識して表情をつくり動いているかのようです。でも実際には試合中に、そこまで意識はできません。無意識のうちに自分を演出する術を身につけていたのだと思います。

猪木さんはプロレスラーの域を超えて、昭和の銀幕スターのようでした。

『燃える闘魂』アントニオ猪木は十代の自分にとって、もっとも怖く、もっともカッコいい存在だったのです。

関節技の痛みを最初に教えてくれた野上彰

新日本プロレスに入門した日、ちょうど巡業中で寮にはクロネコ（ブラック・キャット）さんと自分より1カ月前に入った野上彰さんしかいませんでした。寮内は、とても静かな感じでした。巡業中ではなく先輩レスラーたちが多くいたら雰囲気が違い、もっと緊張したのではないかと思います。

野上彰（のがみ・あきら）／現ＡＫＩＲＡ
１９６６年３月、千葉県習志野市出身。１９８４（昭和59）年、新日本プロレス入門、同年10月、デビュー。網膜剥離を患い88年以降、セミリタイア状態となるも「ＡＫＩＲＡ」に改名し復活。飯塚高史との「Ｊ・Ｊ・ＪＡＣＫＳ」、平成維新軍の一員としても活躍した後、２００４（平成16）年に新日本プロレスを離れ、以降フリーに。ＷＲＥＳＴＬＥ－１に所属したこともある。第16代ＩＷＧＰジュニアヘビー級王者。

あれは入門３日目のことでした。

道場のリングの上でクロネコさんが言ったんです。

「二人で何でもいいから技をかけ合ってみなさい」と。

つまりは、スパーリングをやれというわけです。これが自分にとっての入門後、初めてのガチスパーリングでした。

野上さんと向かい合って、何をすればいいのか迷いましたが自分の中で、真っ先に頭に思い浮かんだプロレス技はドロップキックでした。

ジャンプしてドロップキックを放とうとしていたら、接近してきた野上さんにアッサリ首を摑まれてしまいカラダを密着され自分は投げられてしまいました。柔道の払い腰です。

直後に袈裟固めで抑え込まれて動けません。その後に腕を取られ十字固めを決められてしまいました。

柔道では「腕ひしぎ十字固め」、プロレス用語では「腕ひしぎ逆十字」。

この技を初めて決められパニックになりました。ギブアップ表示、つまりはタップをどのようにするかも知らなかったのです。

「イタイ、イタイ、イタイ……」

そう叫び続けていたように思います。

私がタップをしないので野上さんはなかなか腕から手を離してくれません。見かねたクロネコさんが止めてくれました。

その後も伸ばされたヒジの痛みは収まりません。

泣きました。ワンワンワンワン泣きました。何が自分に起こったのかも理解できないまま、ただただ痛くて泣いたのです。

可哀想にと思ったのでしょう。

「泣くことはないよ」

そう言ってクロネコさんが慰めてくれました。

野上さんは自分よりも3歳年上で柔道経験者、当時の自分は格闘技を何も知らなかったのです。当然の結果だったのですが、何もできなかったことがかなりショックでした。ヒジの痛みも数日間、消えませんでした。

そして、思いました。自分がテレビで観ていたプロレスと現実は違う、と。

リング上で寝技の攻防になった時、腕ひしぎ逆十字が仕掛けられる場面があります。仕掛けられた選手は表情を苦痛で歪めながら、それを返そうとして腕を上下に行ったり来たりさせていました。でも実際の闘いでは腕ひしぎは一瞬で決まるものなのです。テレビで観ていた、あの腕が上下に行ったり来たりする攻防は何だったのだろう、と疑問を持つ瞬間でもありました。

新日本プロレスの前座時代、15分1本勝負で一番多く対戦したのは橋本真也さんでしたが、次に多く試合をしたのが野上さんです。そして野上さんは自分にとって、もっとも手の合う対戦相手でした。

1985（昭和60）年3月3日、15歳の時に自分はリングデビューしました。場所は北茨城市民体育館、相手は後藤達俊さんでした。リングで何をすればよいのか迷い焦っていたまま試合は終わりました。その後、橋本さん、小杉俊二さん、山田恵一（後の獣神サンダーライガー）さん、佐野直喜さん、畑浩和さん、蝶野正洋さん、武藤敬司さんたちとリングで対峙し、シングルマッチで実に59連敗を喫したのです。

そんな中、初めて自分が勝者となった試合の相手は野上さんでした。

デビューから半年後の9月5日、愛知・半田市民ホール大会での第1試合。野上さんは相手の技を受けるのが上手なタイプなレスラー。自分が繰り出す技を見事なまでに受けきってくれました。タイプが異なることから、後にタッグを組んだ際にも、メリハリのついた試合展開を築けたように思います。


野上さんは、自分のデビュー戦が『ヤングライオン杯』になったことにも大きく関与していました。

実は、もっと早くデビューするはずだったのです。

前年、1984年冬の九州での大会の前日、私は会場入り後に坂口さんに呼ばれ「明日、デビュー戦を組むから」と言われたことがありました。

慌てました。

試合をすることに対する緊張ではなく、このシリーズ中に自分がデビューできるとは思っていませんでしたから、リングシューズを遠征に持参していなかったからです。

そのことを坂口さんに話すと怒られ、その日の自分のデビュー戦はなくなりました。

結局、年明け85年3月に初めてリングに上がります。通常、キャリアが何もない新弟子は地方大会の前座試合、15分1本勝負でデビューしますが、自分の場合は、いきなり『第1回ヤングライオン杯』の公式リーグ戦でした。

(15歳のデビューで話題性があったから)

(団体から期待されているから)

そんな風に当時は言われましたが、そうではなかったと思っています。この『ヤングライオン杯』の直前に、先にデビューしていた野上さんが橋本さんとの試合で投げを受けた際に負傷、長期離脱。そのために空いた枠が自分に回ってきたのです。

野上さんは、初めて強烈な痛みを味わわせてくれた先輩であり、新日本プロレス前座時代の自分を支えてくれる存在でもありました。

同期は闘魂三銃士

後に「闘魂三銃士」として活躍する武藤敬司さん、蝶野正洋さん、橋本真也さんも新日本プロレスでは同期でした。正確に記せば入門した順番は、野上さん、自分、橋本さん、武藤さんと蝶野さんとなります。橋本さんが新日本プロレスの寮に入ったのは、武藤さんと蝶野さんの一日前でした。

武藤敬司（むとう・けいじ）
1962（昭和37）年12月、山梨県富士吉田市出身。小学校2年時から柔道を始め、山梨県立富士河口湖高校時代に国体に出場。その後、柔道専門学校に進む。84年4月、新日本プロレスに入門。同年10月、同期の蝶野正洋を相手にデビュー。早くから将来のエース候補と目され、85年11月に海外武者修行（米国南東部）に旅立つ。帰国後、「スペース・ローン・ウルフ」として売り出され、得意技のムーンサルト・プレスを武器にトップ戦線に躍り出た。その後「グレート・ムタ」に変身するなど話題を振り巻き続ける。全日本プロレス、WRESSLE-1でも活躍し2023年1月、現役引退。同年3月、WWE殿堂入り。IWGPヘビー級王座4度獲得。

蝶野正洋（ちょうの・まさひろ）
1963（昭和38）年9月、米国シアトル出身、東京都育ち。中学時代はサッカーに熱中、高校生の時は暴走族になり停学を繰り返した。浪人中にプロレスラーに憧れを抱き、神奈川大学入学直後の84年4月に新日本プロレス入門。同年10月、同期の武藤敬司を相手にデビュー。

87年『ヤングライオン杯』優勝後、ヨーロッパへ武者修行に旅立つ。91（平成3）年夏『第1回G1クライマックス』で優勝し新日本トップ戦線に躍り出た後に「nWo JAPAN」「TEAM 2000」などを結成し「黒のカリスマ」と称され注目を集めた。2010年1月、新日本プロレス退団、以降はフリーで活躍。第22代IWGPヘビー級王者。『G1クライマックス』優勝5回は最多記録。

橋本真也（はしもと・しんや）

1965（昭和40）年7月、岐阜県土岐市出身。高校時代に柔道を学び、84年4月に新日本プロレスに入門。同年9月、後藤達俊戦でデビュー。87年、『第3回ヤングライオン杯』準優勝後にカナダ・カルガリーへ武者修行に旅立つ。翌年に帰国し、武藤敬司、蝶野正洋と「闘魂三銃士」を結成、また相手を叩き潰すファイトスタイルから「破壊王」と呼ばれるようになる。IWGPヘビー級王者となり通算20度防衛。元柔道家・小川直也とのデンジャラス・ファイトを経て2001年に新団体『ZERO-ONE』を旗揚げ。その後は、さまざまな団体のリングでもファイトした。05年7月、脳幹出血を発症した後に他界。享年40。

プロレス界では相撲部屋と同じように、年齢に関係なく先に入門した者が先輩になります。でも当時の自分は、そんなことを気にしていませんでした。みんなが大人に見え、また自分のことで精いっぱいだったのです。

ある時に、蝶野さんが言いました。

「同期だから、入門順で敬語を使うのはやめないか」と。

それでいい、と自分は思いました。

「親しみを込めて、あだ名で呼び合おう」

そう蝶野さんが言ったので、武藤さんは「ムトちゃん」、自分は「フナちゃん」という感じで決まっていったのですが、橋本さんを何と呼ぼうかという話になった時に自分が言ったんです。

「ブッチャー」

太っていて太々しい。その雰囲気がアブドーラ・ザ・ブッチャーを彷彿とさせたからでした。もちろん思いつきです。

「いいな、それ！」

武藤さんと蝶野さんが笑いながらそう言って、橋本さんのあだ名は「ブッチャー」に決まりました。

試合会場でリングのロープの緩みを調整するのは若手の仕事でした。両コーナーから二人で行います。自分がそれをやろうとした時に逆コーナー近くに橋本さんがいたことがありました。

「ブッチャー、ブッチャー」

仕事を手伝ってもらおうと思い、彼を呼ぶと、急いで走ってきて言いました。

「フナキ、会場でブッチャーはやめてくれよ！」

橋本さんは、かなり嫌がっていましたが時間を置かずして先輩レスラーたちにも、そのあだ名が浸透。みんなが、そして猪木さんまでもが橋本さんを「ブッチャー」と呼ぶようになりました。


若手時代のブッチャーとの想い出は数多くあります。

前座の試合で野上さんの次に多くカードが組まれたのは、ブッチャーでした。

デビュー戦の2日後、宮城県の村田町民体育館で初対決。以降、何度も何度も試合をし負け続けました。

ブッチャーとの試合は大変でした。まず、体重差があり過ぎて技を掛け合うのも一苦労。その上、蹴ってきます。それも普通のリングシューズを履いたままで思いっきりキックを繰り出してくるのです。たまったものではありませんでした。

中でも危ないのはニールキックです。

最初のうちは胸で受けていたのですが、段々に足の位置が上がってきました。ついにはシューズの踵が自分の眼に入るようになったのです。

(さすがに、これはやばい)

そう感じた自分は、橋本さんがニールキックを放ってきた際にはヒジを出して受け流すようにしました。するとヒジが橋本さんのふくらはぎに当ります。自分も吹っ飛ぶのですが、橋本さんも痛かったようで試合後にこう言ってきました。

「フナキ、頼むからヒジを出すのはやめてくれ」

自分も言いました。

「胸だったら受けるけど、さすがに顔はやばいよ。踵が目に入ったこともあるんだから」

少し強い口調で言いました。

すると橋本さんが、こう聞いてきたのです。

「フナキ、俺とは試合しづらいか?」

「しづらい」と答えました。

以降は、橋本さんが試合で胸以外の箇所にニールキックを見舞ってくることはなくなりました。

大人だった武藤敬司と蝶野正洋、純粋だった橋本真也

武藤敬司さんとは、自分が40歳でプロレス復帰して以降にタッグを組むことが多かったのですが、新日本プロレス前座時代には、ほとんど対戦していません。

憶えているのは2試合だけです。

初めての対戦は、デビューから約1カ月後の『ヤングライオン杯争奪リーグ戦』（4月2日、石和小松パブリックホール大会）でした。

試合は8分ほどで終わりましたが、その間、自分はずっと遊ばれていました。柔道経験があり運動神経抜群の武藤さんと、15歳でまだカラダも出来上がっていない自分との実力差は歴然。武藤さんは会場を盛り上げるための試合運びも考えながら動きます。自分は、それについて行くのに必死でした。この試合でムーンサルト・プレスも喰らいました。

2度目の対戦は、自分にとって初めてのタッグマッチ。

1985年7月26日、青森・弘前市民体育館大会で、自分の地元での試合です。まだデビューしたてだったにもかかわらず、団体が自分に配慮したマッチメイクをしてくれました。

自分は先輩の山田恵一さんと組んで、武藤さん、畑浩和さんと対戦したんです。武藤さんは自分にとって地元での試合ということで凄く気を遣ってくれました。ドロップキックや幾つかの自分の拙《つたな》い技を受けてくれます。

（地元なんだから、カッコいいところを見せとけ！）

そう言わんばかりに。

最後は、山田さんが畑さんをフォールして試合は終わりました。

リングの中央でレフェリーから山田さんと自分の手が高々と上げられました。シングルマッチではなくタッグマッチですが、思えばこれが自分の初勝利です。でも、誇らしくも嬉しくもありませんでした。

リングを下りて控室に戻ってから山田さんに「お前、動きが悪い！」と言われ滅茶苦茶に怒られたことだけが記憶に残っています。

その後、すぐに武藤さんは海外武者修行に出ます。新日本プロレス前座時代では、弘前でのタッグマッチが武藤さんとの最後の対峙となりました。

蝶野正洋さんとも幾度も試合をしています。

初めてリングで向かい合ったのはデビュー9戦目（１９８５年3月29日、藤岡市民体育館大会）でラクダ固めを決められ試合は終わりました。その後も何度も試合をしましたが、リズムを合わせるのが難しく苦労しました。

蝶野さんは、独特なスタイルを貫いていました。武藤さん、橋本さんはスピーディに動き、その中で互いに技を掛け合います。でも蝶野さんは「ドスン、ドスン。バタン、バタン」という感じのクラシカルなアメリカンプロレスのリズムを刻むのです。ディック・マードック、マスクド・スーパースターのようなタイプを目指していたように思います。

新日本プロレスの道場では、藤原喜明さんが中心になって日々、セメント（真剣勝負）の練習が行われていましたが、蝶野さんはそこにはほとんど参加しませんでした。

「腰が痛いから」「首が痛いから」

理由をつけて、セメントスパーを避けていたのです。

それでも時々は、スパーリングをすることになりますが、蝶野さんはさすがでした。自ら相手に関節技を決めようとはしません。それでも持ち前の力の強さを存分に活かして関節を決められることはほとんどありませんでした。

（決められなければ、まあいいや）

そんな風に思っていたのではないかと思います。

ある日、セメントスパーを終えた後に蝶野さんが自分に言いました。

「フナちゃんさぁ、こんな疲れること毎日やってんの？　俺には必要ないよ」

振り返ると、この頃すでに蝶野さんは自らのプロレスラー人生のイメージを作り上げていたように思います。


日々、言われたことを必死にやり続けボロボロになっていた自分とは違い、武藤さん、蝶野さんは大人でした。

プロレスの捉え方が、違っていたのです。

（プロレスラーになるために、必要なことだけをやればいい）

入門後に、それを直感したのでしょう。だから、言われた通りに何でもやるのではなく自分で必要だと思うことと、そうでないことを取捨選択してトレーニングを行っていたように思います。

昭和の時代に高校の部活動でやっていたような根性論的な基礎体力運動も「無意味」だと捉えていました。新日本プロレスの道場ではプッシュアップ、スクワットをとてつもない回数をやるように指示されます。そんな時も、上手に回避していました。

スクワットの際にはヒザを半分くらいしか曲げず楽をするのです。

「もっとしっかり腰を落とせ！」

先輩レスラーたちからそう怒られると、

「硬くて、ここまでしか曲がらないんです」と言って、蝶野さんに言いました。上手く擦り抜けていました。

入門直後、きつい練習が続いていた時期に自分は、蝶野さんに言いました。

「こんな苦しい練習が、いつまで続くんだろう」と。

すると蝶野さんは涼しい顔で、こう口にします。

「今だけだよ。デビューしたら、こんなことを毎日やらなくていいようになるから」

また、当時の会社（新日本プロレス）の状況など自分は知る由もありませんでしたが、武藤さんと蝶野さんは違いました。寮の中で時々、二人の会話が聞こえてきます。それによって、新日本プロレスの水面下で、いま何が起こっているかを自分も知ったのです。

武藤さんは酒が飲めたので、よく荒川真さんと一緒に夜に出掛けていました。おそらく、そこで会社の内情をいろいろと聞いていたのでしょう、同期で自分の方が入門は早かったとはいえ、年齢が上の武藤さん、蝶野さんの方がはるかに大人でした。

後の「闘魂三銃士」の中でも、橋本さんは少し違いました。

特別にハードな練習に取り組む感じではなかったのですが、強さへの憧憬、こだわりは人一倍あったように感じました。

入門して間もない頃、橋本さんの実家から段ボール箱が道場に送られてきました。それを橋本さんは自分たちに見せます。極真カラテや猪木さんの試合のビデオテープが何本も入っていました。

その時に橋本さんは言ったんです。

「極真会館に入門して大山倍達先生の弟子になるか、新日本プロレスで猪木さんの弟子になるしかない。その2つしかないとずっと思っていた」と。

プロレスが最強であると信じ、そこに強いこだわりを持っていることが感じられました。

プロレスの裏側を知った日

こんなこともありました。

入門したての頃、自分たち新弟子はシリーズが始まっても巡業にはついて行かないこともありました。そんな時は中堅選手が、自分たちと一緒に道場に残ることもあります。

その時は、日系アメリカ人レスラーのパトリック田中さんが〝残り番〟でした。おそらく、怪我をしていたのではなかったかと思います。朝の練習が終わり、みんなでちゃんこ

同期には闘魂三銃士らがいた。写真後列左より、蝶野正洋・橋本真也・野上彰・著者。写真前列左より、大矢健一（現・大矢剛功）・片山明・松田納（エル・サムライ）。

を食べて少し休んだ後、その田中さんに自分たちは道場に集められました。

「いまからプロレスを教えてやる」

自分たちの前で田中さんは、そう話し実際に動きながらプロレス技の解説を始めました。いかに相手が受け身を取りやすいように投げるか、いかにして技を掛け合うか、いかに相手にダメージを与えないようにしながら技を派手に見せるか等についてです。つまりは、プロレスの裏側を教えてくれました。そして自分たちにもリング上で実践させたのです。

なぜパトリック田中さんが突然、そんなことをしたのかはわかりません。会社から「教えるように」と言われたのではなく単に彼の思いつきの行動だったように思います。

入門したばかりの新弟子は、プロレス技の裏側など知りません。自分もそうでしたから、驚きはありました。とはいえ、この時すでにプロレスがガチンコ勝負だとも思ってはいませんでした。入門2日後、野上さんに腕ひしぎ十字固めを決められた衝撃もあり、また道場での練習と試合での攻防の違いに嫌でも気づきます。

「やっぱりな」

田中さんの指導が終わった後、蝶野さんは顔色を変えることなくそう言いました。武藤さんも、野上さんも思いは同じだったようです。

ただ、橋本さんだけは違いました。怒ったように、こう口にしていました。

「違うんだよ。あれはアメリカンプロレスだから。日本のプロレスはそうじゃない。猪木さんのプロレスは、ああじゃないんだよ！」

そんな橋本さんが、同期の中で一番先にデビューしました。

葛藤があったと思います。だから、試合ではバシバシ蹴って、バシバシ投げる、そして最後は負けます。最後はやられるけど、途中までは好きにやらせてもらうよ。そんな感じの試合を続けていました。

デビューから2年くらいが経つと、橋本さんは外国人選手とも対戦することになります。ある時、ハワイ出身でカラテ経験のあるシバ・アフィという選手との試合が組まれました。この時、自分は若手の一人としてリングサイドにいたのですが、橋本さんはいつも通りのスタイルで相手にバシバシとキックを見舞っていきました。相手に与えるダメージなど考えない全力でのミドルキックです。

これを受けた後、アフィの顔色が変わりました。その直後に、アフィが橋本さんの顔面に正拳突き2発見舞ったのです。

「ブッチャー、やり返せ！」

そう自分は叫んでいました。

でも、橋本さんはやり返しませんでした。顔面を強く殴りつけられ怯みました。その後は攻めも大人しくして試合を終えました。
(コイツ、何をやらかしてくれるんだ？　俺を壊す気か？　だったら俺もやるぞ！)
アフィは、そんな感じだったと思います。
橋本さんのプロレスに対する考え方も徐々に変わっていきました。

藤原教室でセメント修行

新日本プロレスには「藤原教室」がありました。
道場や巡業先の開場前のリング上で藤原喜明さんが中心となり、セメント(真剣勝負)の練習をするのです。打撃の攻防はなく、組み合って寝技に移行し関節を決め合うのです。

藤原喜明(ふじわら・よしあき)
1949(昭和24)年4月、岩手県江釣子村(現・北上市)出身。高校卒業後、工員、コックなどを経て72年11月2日に新日本プロレスに入門。その10日後に藤波辰巳(現・辰爾)戦でデビューした。新人時代からカール・ゴッチに師事し関節技、組み技を学ぶ。75年『第2回カール・ゴッチ杯』優勝。道場では新人のコーチ役を担い、アントニオ猪木のスパーリングパートナーも務めた。84年2月、札幌大会で長州力を花道で襲撃し「テロリスト」として脚光を浴びる。同年6月に『第1次UWF』に移籍。新日本復帰、『第2次UWF』参加後、『プロフェッショナルレスリング藤原組』を旗揚げ。同団体解散以降、75歳となった現在もフリーのレスラーとしてリングに上がり続けている。

初めて藤原さんにお会いしたのは巡業先の会場でした。自分も一緒に練習させてもらったのですが何もできません。緊張していただけではなく技術もないので、まったく動けなかったのです。

「邪魔だから出ていけ!」

藤原さんに、そう怒鳴られました。

ビクッとしました。情けなくて、恥ずかしくて、悔しくて涙を流しそうになりましたが、そこは我慢しました。悔しさに苛まれながら、その日はリングの下から練習を見ていました。

次の日、別の体育館での開場前にリング上でセメントの練習が始まります。自分は藤原さんのところに行き言いました。

「もう一度、お願いします」

怖い顔で「上がれ」と言われ、この時は藤原さんが自ら自分の相手をしてくれました。何もできないながらも無我夢中で向かっていきました。藤原さんの足にしがみ付き離さず抗います。その後に関節を決められても、また藤原さんの足に必死にしがみ付き離しませんでした。

結局は、やられっぱなしなのですがスパーリングを終えた後に藤原さんは自分に言ってくれました。

「それでいいんだ」「相手に挑む気持ちを持ち続けろ」と。

それから毎日のように「藤原教室」に参加しました。本当のことを言えば「藤原教室」は嫌で嫌で仕方がありませんでした。それはスパーリングをする全員が自分より強かったからです。マニュアルがあって、それに沿ってやれるのであれば少しずつでも自分のレベルアップを実感できたかもしれません。でも「藤原教室」では誰も何も教えてはくれません、ただ関節を決められ続けボロ雑巾にされるのです。強くなりたいなら技術はやられながら自分で体得しろ。そんな感じでした。

やられる毎日は嫌でしたが、逃げるわけにはいきません。ここは通過しなければいけない場所なんだと決意を固めました。

ちなみに、この「藤原教室」と呼ばれていたスパーリングには参加する選手としない選手がはっきりと分かれていました。ベテランでも藤波さん、木戸修さんは時々参加します。積極的に相手をねじ伏せようとはしませんでしたが、自分たち若手選手相手に胸を貸すように動きます。

日本プロレス時代からスパーリングを続けていたのでしょう。藤波さん、木戸さんは相手に決めさせない技術をしっかりと持ち合わせていました。

自分の入門日である84年4月11日に、新日本プロレスを退団した前田日明さんをエースにして『ユニバーサル・プロレス（第1次UWF）』の旗揚げがありました。前田日明さんのほか、グラン浜田さん、ラッシャー木村さん、剛竜馬さんらが、埼玉・大宮スケートセンターでオープニングマッチを行なったのです。

それから約2カ月後のある日、藤原さんが普段練習を一緒にしている若手選手たちに「走りに行くぞ！」と声をかけました。普段、皆で揃って走りに行くことはなかったので「変だな」とは思ったのですが案の定、それは口実でした。走るのはすぐにやめ、多摩川のベンチに自分たちを座らせて藤原さんが言いました。

「俺は、この後、新日本プロレスとは契約しない。前田のところ（『第1次UWF』）に行く。そこで蹴りと投げと関節技の試合をする」

最初は、藤原さんが何を言っているのかわかりませんでした。でも、すぐに藤原さんは新しい団体に行くんだと理解しました。いままでみたいに藤原さんと一緒に練習できなくなる、そう思うと急に悲しみが込み上げてきました。

あの時、大泣きをしました。誰も泣いていないのに自分だけ声を出して泣きました。当時、自分は高校生の年齢です。そして、男親なく育ちました。藤原さんは自分の親と同じくらいの年齢でしたから父親的なイメージを抱いていたのかもしれません。また父親がいなくなるみたいな。

みんなで道場に戻る頃になっても、自分はまだ泣き続けていました。

「もういい加減泣きやめ。お前が泣いていたら『おかしい』と思われるだろ。だから泣きやめ」

それで必死に泣くのをこらえました。

寮に戻ってから顔を洗って涙をぬぐい、少し休んだ後に掃除をしていました。すると寮の風呂から上がってきた藤原さんから、自分と山田さんが道場に呼ばれました。藤原さんが誰も入って来られないように道場の内側から鍵をかけます。そして、言いました。

「お前たち、一緒に来るか？　もし来る気があるなら12時までに高田の部屋に行け」

高田さんも藤原さんと一緒に新団体へ行くことを、その時に知りました。

（どうしよう。藤原さんが誘ってくれたんだからついて行くべきじゃないか。新日本プロレスをやめなきゃいけないんだろうか）

いろいろなことを考え、決めました。

（山田さんが行くのなら自分もついて行こう）と。

本当は藤原さんと別れた後に「どうするんですか？」と山田さんに聞きたかったのですが、重々しい雰囲気があってできませんでした。

部屋に戻り、荷物をまとめました。スポーツバッグ2つに必要なものを詰め込んで、いつでも寮から出ていけるように準備しました。山田さんの部屋は自分の部屋の真ん前でしたから、その扉が開いたら後をついて行くつもりでした。

ずっと待ちます。でも12時が過ぎても、夜が明けても山田さんの部屋の扉が開くことはありませんでした。

後で知ったのですが、あの日、山田さんは眠っていました。山本小鉄さんに新日本プロレスに入れてもらったことに恩を強く感じていて新団体に行くつもりはなかったようです。また、ブッチャーも高田さんに新団体に誘われていたようでした。二人は仲が良く、よく一緒に六本木に飲みに出掛けていました。

「宙太も行くか！」

そう髙田さんから言われた時に、橋本さんは「猪木さんへの想いは捨てられません」と答えたみたいです。橋本さんは髙田さんからは、「ブッチャー」ではなく「宙太」と呼ばれていました。『巨人の星』の伴宙太です。

髙田さんも猪木さんに憧れてプロレスの世界に入りました。新日本プロレスを離れることには思い悩んだようです。道場には、猪木さんの大きな写真パネルが飾られていました。新日本プロレスを去る日に髙田さんは、そのパネル前で正座をして泣いていたと後に聞きました。

好敵手だったUWF軍の中野&安生

しかし、「第1次UWF」は長くは続きませんでした。当時はテレビ中継がないと団体の人気が出ず、また放映権料が得られないことで経営的に苦しい状況に追い込まれたようです。「第1次UWF」崩壊後の85年12月に前田さん、藤原さん、髙田さん、木戸さん、山崎一夫さんたちは「UWF軍」として新日本プロレスのリングに戻ってきました。

自分にとっては嬉しいことでした。「藤原教室」が再開されたからです。藤原さんは「UWF軍」ですが、自分たち新日本プロレスの若手は、その合同練習に加わりました。

中野龍雄さん、安生洋二さんらUWFの新弟子たちとも一緒に練習します。

中野龍雄（なかの・たつお）／現・中野巽耀（なかの・たつあき）

1965（昭和40）年6月、茨城県下妻市出身。学生時代に柔道を経験、藤波辰巳（現・辰爾）に憧れプロレスラーを志す。「第1次UWF」に入門し、84年8月、廣松智戦でデビュー。新日本プロレスとUWF業務提携後には『ヤングライオン杯』にも出場。「第2次UWF」に参加し、同団体解散後は闘いの舞台をUWFインターナショナルに移す。その後はフリーとなり総合格闘技にも挑んだ。98年にはシュートボクシングのリングで290キロの巨漢エマニュエル・ヤーブローとも闘っている。

安生洋二（あんじょう・ようじ）

1967（昭和42）年3月、東京都出身。幼少時から小学校4年生までニュージーランドで過ごし中学生の時にプロレスに魅了される。「第1次UWF」に入門し、85年7月、星名治戦でデビュー。新日本プロレス、第2次UWFを経てUWFインターナショナルに参加。94年2月には、米国ロスアンジェルスでヒクソン・グレイシーとの対戦を求め道場破りを敢行するも返り討ちにあった。その後、高山善廣、山本健一（現・山本喧一）と「ゴールデン・カップス」を結成、「ミスター２００％」と自ら名乗りコミカルな一面も見せた。99年11月には東京ベイＮＫホールで前田日明襲撃事件も起こす。２０１５年、現役引退。


「今日はコイツとやってみろ」

そう藤原さんに言われ、中野さん、安生さんとスパーリングをしました。互いに意地があり、いつも引き分けでした。1時間やっても互いに決められず、また決めさせないのです。

その熱いスパーリングをそのままにリング上での試合に持ち込めていました。86年後半から88年初頭にかけて、中野さん、安生さんとは数多く試合をしていますが、この時期に自分もワンランク成長できたと思います。

二人はファイトスタイルを異にしていました。中野さんは、攻め中心のスタイルでガンガン仕掛けてきます。ですから、こちらが攻める時に潰しておかないとずっと守勢を強いられます。

対して安生さんは、攻守のメリハリを考え試合を上手に組み立てることができるタイプ。自分が怒れば怒ってくる、強いキックを見舞えば力強く返してくる。受けも強く、動きのリズムも自分に合っていて闘いやすく感じていました。振り返れば、安生さんと試合をしていた頃に「プロレスが楽しい」と初めて思えたのかもしれません。

それでも安生さんとのシングルマッチの後に、山本小鉄さんからこっ酷く怒られたこともありました。86年秋、後楽園ホール大会でのことです。この時、自分は一方的に攻め込まれました。打たれて受けて耐える、越中詩郎さんのような闘い方をして試合終盤に張り手で逆転、最後は逆エビ固めで勝ちました。大逆転勝利に会場は大いに沸きました。

(今日は、いい試合ができた)

自分は満足して控室に戻ったのですが、そこで山本さんに怒鳴られました。

「何だ！　いまの試合は！」

風呂場に連れていかれ、そこでビンタを喰らいました。

「お前、何であんなにやられっ放しなんだ！」

「あんな試合して、いいわけないだろ！」

会場が盛り上がったことで自分は「いい試合ができた」と満足していましたから、怒られた時は面食らいましたし、「何で怒られるの」と腑に落ちませんでした。

でも後に、山本さんは自分にこう言いたかったのだと気づきました。

「手を抜くな！　試合では闘志を見せろ」

「前座の試合であることを考えろ」

つまり山本さんの目には、攻めなかったことが「手を抜いている」と映ったのでしょう。相手の技を受けるのも決して楽ではないのですが、もっと自分から向かっていく試合を山本さんは望んでいたのです。また、前座試合とセミファイナル、メインの試合では役割も異なります。まだ前座でプロレスを学んでいる時期に「ズルいことするな」とも言いたかったのだと思います。プロレスは難しいと改めて感じました。

以降、安生さんとの試合は激しく互いの技をぶつけ合いました。野上さんと組んで、中野さん、安生さんとタッグマッチを行う機会も増えていきます。これが「新日本vs.UWF」新世代闘争と呼ばれ注目も集めました。

中野さん、安生さんとの試合が好勝負になったのは「藤原教室」のおかげでした。「藤原教室」がなければ、自分と安生さんたちとの試合は、もっとぎこちないものになっていたと思います。日々のスパーリングで本気でガンガンやり合っていましたから、互いに相手の実力を認め合い、リスペクトできたことで試合を築けました。

頼もしかった先輩・獣神サンダー・ライガー

新日本プロレス時代に一番深く関わった先輩は、後に獣神サンダー・ライガーになる山田恵一さんでした。試合をしたこともタッグを組んだことも、ともにヨーロッパ遠征をしたこともあります。

山田恵一（やまだ・けいいち）

1964（昭和39）年11月、広島市出身。高校時代にレスリングで頭角を顕し国体に出場。卒業後の83年、プロレスラーを目指しメキシコに飛ぶ。そこで知り合ったグラン浜田から山本小鉄を紹介され新日本プロレスに入門、84年3月、小杉俊二戦でデビューを果たした。『第2回ヤングライオン杯』優勝後に海外遠征、89（平成元）年4月に「獣神ライガー（後の獣神サンダー・ライガー）」に変身する。以降、ジュニアヘビー級戦線の主役として活躍を続けた。2020年1月、現役引退。同年3月にアントニオ猪木、藤波辰爾に次ぐ日本人3人目のWWE殿堂入り。IWGPジュニアヘビー級王座11度奪取は史上最多記録。

山田さんがデビューした1カ月後くらいに自分が新日本プロレスに入門しましたから、いろいろと教えてもらいましたし、よく怒られました。

「やめちまえ！」

「しょっぱい！」

練習の時や試合の後に、そう何度も怒鳴られました。

また、プロレスラーとしてやっていくうえで何が必要かを常に貪欲に求めていたように思います。上の人から言われたことには「はい」ということしかできなかった自分とは違い、ハッキリと自らの意見を主張していました。

自分が入門した84年には、新日本プロレスが激震に見舞われました。

この年の4月に前田日明さんが団体を抜けて『ユニバーサル・プロレス』を旗揚げし、6月に藤原さん、髙田さんもそこに加わります。そして秋には長州さんたち維新軍が退団しジャパンプロレスを旗揚げ、闘いの舞台をライバル団体の全日本プロレスに移しました。選手の大量離脱で新日本プロレスは危機を迎えていました。

そんな時、全体会議が開かれました。ベテラン選手から若手までが集まり「これから新日本プロレスをどうしていくか」の話し合いがなされたのです。

「遠慮せず何でも意見を言ってくれ」

上層部の人からそう言われ、山田さんが口を開きました。

「今は前座では大技が使えません。若手にも大技の使用を解禁して欲しい。名前もないのに大技が使えなかったら人気が出ません。このままでは団体を盛り上げていくこともできないですから」

部屋の片隅に座っていた自分は、山田さんの話を聞きながら、「凄いことを言うなぁ」と驚いていました。そして実際に、若手選手が大技を使える流れが作られていったのです。

デビューして2年余りが経った87年頃には、こんなこともありました。

当時、自分は新日本プロレスの練習を終えた後、東京・東中野にある「骨法」の道場に毎日のように通っていました。そこで掌打、蹴りなどの打撃を学んでいたのです。途中から山田さんも一緒に通うようになりました。

自分たちは足にレガースを着用し、打撃技を多用するスタイルで試合をするようになりました。山田さんと自分が組むと「骨法コンビ」とも呼ばれたものです。一つのスタイルを確立し個性を光らせたことで人気を得ましたが、団体内にはこれを快く思わない人も一部でいたようです。

(キックじゃなくて、ちゃんとレスリングをやれ)

そういう意味だったのでしょうか。

ある日、山田さんと自分は坂口征二さんに食事に誘われ、そこで言われました。

「レガースを外してくれないか」

自分は思いました。

(もう外すしかないな。坂口さんにそう言われてしまったら仕方がない)と。

ところが、その場で山田さんはキッパリとこう口にしたのです。

「外しません。これが自分たちの個性ですから」

以降も自分たちは打撃を多用するスタイルを貫きました。

レスリングの出身でしたから組みは得意、「藤原教室」で関節技を覚え、またメキシコに渡った時にルチャ・リブレの技も習得していた山田さんは、常にリング上で堂々と闘っていました。それだけではなく、若い時からリング外でも自分の意志を貫いていたように思います。十代の自分にとって怖くもあり、頼もしくもある先輩でした。

最も強烈だったプロレス技のひとつ・長州力のサソリ固め

デビュー3年目の87年からは、中堅以上の選手との対戦、あるいはタッグを組む機会も徐々に増えてきました。ヒロ斎藤さん、小林邦昭さん、越中さん、馳浩さん、山崎一夫さん、高田延彦さん、藤波辰巳さん、そしてトニー・セントクレアー、オーエン・ハート、ビジャーノ4号&5号、スティーブ・ケイシー、マニー・ヘルナンデス、ボビー・バレンチノといった外国人選手たちともリング上で交わりました。

そして、長州力さんとも新日本プロレス時代に一度だけ対戦したことがあります。

長州力（ちょうしゅう・りき）／本名・吉田光雄（よしだ・みつお）

１９５１（昭和26）年12月、山口県徳山市（現・周南市）出身。学生時代にレスリング・フリースタイル90キロ級で韓国代表として72年ミュンヘン五輪に出場した。専修大学卒業後、新日本プロレスに入門、74年８月、エル・グレコ戦でデビュー。メキシコ遠征後の82年に「俺は、お前の噛ませ犬じゃない！」と言い放ち藤波辰巳（現・辰爾）に牙を剥くことでブレイク。以降、維新軍のリーダーとして新日本プロレスのトップ戦線で活躍。『ジャパンプロレス』を起ち上げ、全日本プロレスに参戦したこともあった。新日本プロレスに復帰し現場監督を務めた後、２００３（平成15）年３月には『ＷＪプロレス』を旗揚げ。19年６月、現役引退。ＩＷＧＰヘビー級王座に３度就いている。

ヨーロッパへの武者修行を直前に控えた88年４月17日、群馬・伊勢崎市民体育館で藤波さんと組んで、長州さん、小林さんと試合をしたのです。結果は、小林さんのフィッシャーマンズ・スープレックスでのカウント３で自分が敗者になるのですが、この時に長州さんの技を初めて体感しました。

長州さんの動き、技は実にパワフルです。

まずロープに振られてから喰らうエルボーパット。単なるヒジ打ちではなく回転で威力をつけてカラダごとぶつかってきます。吹っ飛ばされました。喩えるならアメリカンフットボールのぶちかましを喰らった感じです。それに長州さんは腰が強くて組み合っても簡単には投げることができません。体幹の強さを感じました。

そして、サソリ固めもかけられました。めちゃくちゃ痛かったです。足のロックだけではなく全体重をかけて座り込まれるので重くて痛く、耐えるのに必死でした。

新日本プロレス時代に数多くの技を受けましたが、強烈だったものを3つ挙げるとしたら、「後藤達俊さんのバックドロップ」「橋本さんのニールキック」「長州さんのサソリ固め」と言えます。

長州さんに対しては、威圧的で怖いというイメージを持っているレスラーも多かったように思います。でも自分は、そうは感じていません。むしろ優しく接してもらいました。

初めて言葉を交わしたのは、入門から間もない15歳の時です。いきなりジャージの上から金玉を触られました。

「ボク、いいもの持ってんだろう。今度、いいところに連れてってやるからな」

ニコニコしながら長州さんは、そう言いました。歳が一回り以上離れていますから、すぐ下の後輩とは違った目で見てくれていたのだと思います。接する機会も少なかったのですが、長州さんから怒られたことは一度もありません。

また興味深かったのは、試合前の練習です。

藤原さんがいた頃は、開場前にはリング上で必ず関節技を主体としたスパーリングが行われていました。でも藤原さんがＵＷＦに去った後は、長州さんを中心にマサ斎藤さん、谷津喜章さん、佐々木健介選手らでレスリングスパーが行われるようになります。

「関節技なんか関係ない。倒されなきゃいいんだろ」

そう言わんばかりに激しくスタンドで組み合っていました。自分が加わることはありませんでしたが、レスリングの現役を離れて間もなかった谷津さんが強さを発揮していたのを記憶しています。

その後に長州さんと対戦したのは、自分がプロレスに復帰した直後の２００９年、全日本プロレス『最強タッグリーグ戦』でした。武藤さんと自分が組んで試合をした後、長州さんは笑いながらこう言いました。

「船木、お前、スリーパー下手だな」

試合で長州さんとタッグを組んでいた征矢学選手に首投げからスリーパーを仕掛けました。長州さんがよく用いる技のコンビネーションです。

「重くて痛い」強烈だった長州力のサソリ固め。

「動きが硬いんだよ」

確かに長州さんのように滑らかにはできていませんでした。

いつも優しい長州さんでしたが「あれは何だったのだろう?」と思うことが一つありました。「第2次UWF」が解散した直後のことです。知人から「長州さんが連絡して欲しいと言っている。かけてくれ」と告げられ自宅の電話番号が書かれた紙を渡されました。

(何だろう?)

そう思いながら電話をかけると、奥さんらしい女性の方が出て「留守です」とのこと。自分の名前を告げ「連絡があったことを伝えてください」と言って電話を切りました。長州さんからは何の連絡もないまま、翌週の『週刊プロレス』に「船木からコンタクトがあった」と記事が出ていました。

自分から長州さんに何かを働きかけたわけではありません。電話を欲しいと言われたからかけただけです。なのに自分が焦って新日本プロレスに戻りたがっているようなニュアンスを醸されて少し嫌な気分になりました。以降、自分の行動にはさらに気をつけるようになりました。

学びの場だった新日本プロレス

所属選手として新日本プロレスのリングに上がった十代後半、数多くの選手と試合をし経験を積ませて頂きました。また中学校を卒業してすぐに入門した自分にとっては、厳しめの学びの場でもあったように思います。

猪木さんが校長先生、坂口さん、藤波さんが先生、前田さん、髙田さんは上級生、武藤さん、蝶野さん、橋本さんは貫禄のある同級生。

そんな感じで海外武者修行に出るまでの若手時代を過ごしていました。

猪木、坂口ら新日本プロレスの面々に誕生日を祝福された際の記念写真。

第二章 欧州武者修行編

Chapter2

EUROPE WARRIOR TRAINING

ヨーロッパで海外武者修行

1988（昭和63）年4月下旬、日本から旅立ちました。向かった先はオーストリア。オットー・ワンツが主宰する団体CWA（キャッチ・レスリング・アソシエーション）の興行に長期参戦するためでした。いわゆる海外武者修行です。

新人がデビューし、前座試合で実績を積んだ後に1年、もしくは2～3年、海外武者修行に出るというのは、昭和のプロレス界の慣習でした。言葉も通じない場所にひとりで行き、現地のプロモーターと交渉もしながらリングに上がり試合をするのです。そして海外武者修行を終え日本に戻ることは「凱旋帰国」と称され、将来が期待される有望選手は、帰国1戦目をテレビ中継のある大会で行っていました。前田日明さんが、ヨーロッパでの武者修行から帰国した際にポール・オンドーフと闘いましたが、テレビで生中継されたので憶えている方も多いのではないかと思います。

でも、自分の場合は少し事情が違っていました。

日本を発つ時に、新日本プロレスのリングには戻らない決意をしていたからです。出発前に、高田延彦さん、山崎一夫さんに送別会を開いてもらいました。その席で「第2次UWF」の旗揚げを聞かされていて、帰国後にはUWFに参戦すると決めていたのです。

海外へ行くのは、この時が初めてでしたから幾らか不安もありました。

（一人でやっていけるのか、どんな試合をすることになるのか）

そんな心配をよそに、ワンツをはじめCWAの選手たちは自分を温かく迎え入れてくれました。最初にリングに上がった地はカプフェンベルグ。そこで3試合をし、次の開催地ドルトムントに入った後に、ワンツに呼ばれました。

「いい試合をしてくれている。期待以上だ。ここではずっと試合に出なくていい。最終戦にだけ出てタイトルマッチをやってもらう」

CWAの興行形態は、日本とは大きく異なるものでした。新日本プロレス、全日本プロレスはともにシリーズを組み、全国を巡業します。でもCWAは、1つの会場に約1カ月間とどまり週6日、大会を開きます。サーカスのような興行形態でした。

そして最終戦にはタイトルマッチが組まれます。そこに日本からの特別参戦との振れ込みで自分が登場するのが興行上、都合がよかったのでしょう。ドルトムントへ移動してからの約3週間、自分はリングには上がらずトレーニングだけをしていました。

タイトルマッチの相手は、CWA世界ミドル級王者のスティーブ・ライト。前日には記者会見が開かれ、現地メディアから取材を受けました。これが自分にとって初めてのタイトルマッチで役どころはヒール（悪役）。さらに試合形式はラウンド制（5分×10ラウンド）です。いろいろなことが初体験でした。

マラソンランナーのような持久力！ スティーブ・ライト

スティーブ・ライトは新日本プロレスのリングに上がっていて、タイガーマスクと試合をしたのも見ていましたが、それほど強烈な印象はありませんでした。でも実際に手を合わせてみると、奥深さのある選手だと思い知らされました。

スティーブ・ライト

1953（昭和28）年12月、英国ウォリントン出身。ビリー・ライリー・ジムでトレーニングを積み69年にデビュー。75年1月、カール・ゴッチの推薦により新日本プロレスに初参戦。以降、常連外国人選手となり、82年3月と4月にはタイガーマスクが保持していたWWFジュニアヘビー級王座に連続挑戦もしている。80年代からはCWAで活躍。85年12月にはCWA世界ミドル級のベルトを腰に巻いた。2000（平成12）年に引退。得意技／フライングボディシザーズ、ロメロスペシャル。

自分の役回りはヒール。それはこれまでのプロレス人生で、唯一の経験です。ヒールとはいえ、凶器を用いるわけではありませんが、積極的に攻撃をすることを求められていると思いましたから、正統派のレスリングに対してガンガンとキックを見舞っていきました。スティーブは、自分の蹴りを上手に受け流しながら徐々に自らのペースに引き込んできます。そしてアッサリと主導権を奪われてしまいました。

一進一退の攻防を経て、5ラウンド、6ラウンドと進んでいきます。とても疲れる試合でした。日本にいた時は、それほど長時間の試合をしたことがありません。30分以上闘うのも初めての経験だったのです。

自分はかなりバテているのに、相手のライトからはそんな様子がうかがえません。キックを受けながらも、そこから反撃するパターンを上手につくり上げマイペースで試合を進めてくるのです。欧州式レスリングの巧者であるライトは、まるでマラソンランナーのような持久力も持ち合わせた選手でした。

7ラウンド目に、サイド・スープレックスを喰らいフォールされて試合は終わりました。勝ち負け以上に、このライト戦は自分にとって貴重な経験になりました。いかに試合を

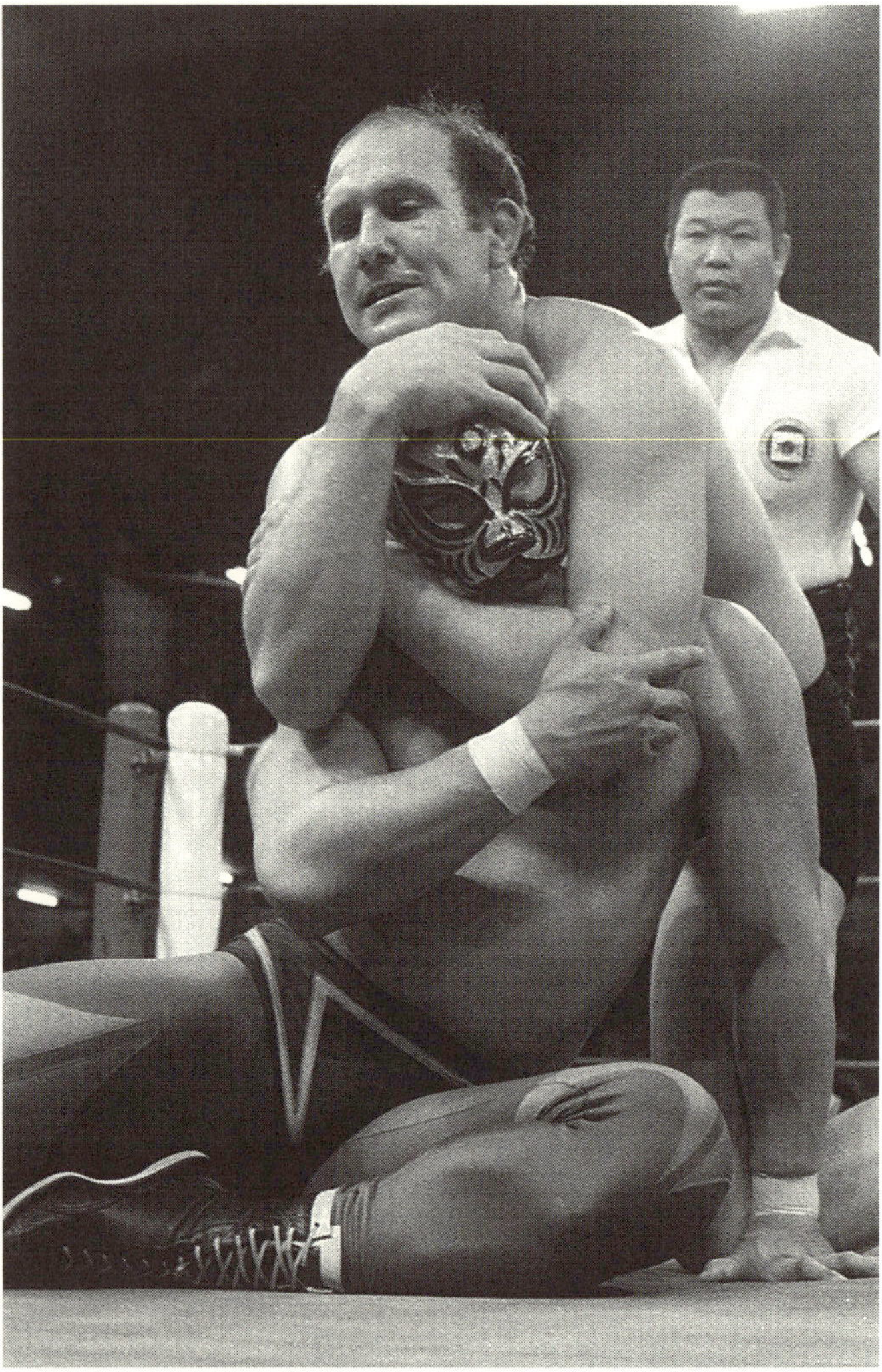

欧州式レスリングの巧者であったスティーブ・ライト。写真は1982年・蔵前国技館でタイガーマスクと好勝負を展開したときのもの。

自分のペースに持ち込むか、いかにスタミナ配分をするべきなのか、いかに試合にメリハリをつけるか。その重要性に気づけたからです。

有名柔道家とシュート対決

ＣＷＡのミドル級には、ライトと肩を並べるスター選手がもう一人いました。新日本プロレス参戦経験があり、タイガーマスクとも試合をしたミレ・ツルノです。欧州式レスリングがベースの選手で、彼からも多くのことを学びました。

ミレ・ツルノ

1955（昭和30）年、ユーゴスラビア（現・クロアチア）出身。レネ・ラサルテス、ジョニー・ロンドスからコーチを受け73年に18歳でデビュー。79年5月、ＷＷＵ（ワールド・レスリング・ユニオン）ジュニアヘビー級王者として初来日、国際プロレスに参戦し阿修羅原に王座を明け渡した。80年代に入ってからＣＷＡに参戦。82年から新日本プロレスのリングにも登場し、翌83年3月にはタイガーマスクが保持していたＮＷＡ世界ジュニアヘビー級王座にも挑戦している。85年2月には「第1次ＵＷＦ」のリングにも上がった。

2005（平成17）年に引退。元CWA世界ミドル級王者。得意技／ヘッドシザース・ホイップ、ヨーロピアン・アッパーカット。

ミレ・ツルノとターガーマスクの試合も見ていましたが、こちらもライトと同様に強い印象は残っていません。でもCWAでのツルノは輝いていて魅力溢れる選手でした。相手の技を受け続け、最後に猛反撃し勝利するスタイルで会場を存分に沸かせるのです。主催者であるオットー・ワンツからの評価も高く長期契約が結ばれていて、ライトからCWA世界ミドル級王座を奪うこともありました。

何度かリング上で対峙しましたが、やはり試合のペースを摑むのがとても巧い選手でした。リング上では冷静沈着、それでも気が強く私生活では喧嘩っ早い一面もありました。女性からもかなりモテていたようで、異なる女性と街を歩いているのを幾度も見かけました。

ある日の試合後のことです。ワンツに呼ばれ、こう言われました。

「明日、柔道選手が来る。フナキは日本人だから、シュートができるよな？」

「はい、できます」と答えました。

「じゃあ、明日の昼間に会場に来てくれ」

そう言われて、道場破りのようなことが起こるのかと思いました。

翌日の昼過ぎに会場に行くと、スティーブ・ライトとミレ・ツルノがいました。そこへ重量級の2人の柔道選手がやってきたのです。

彼らは、ワンツと何かを話していて時折、笑顔も浮かべています。雰囲気は、とてもフレンドリーでした。

実は、道場破りではありませんでした。二人の柔道選手はプロレスラーになることを望みワンツを訪ね、この日に腕試しをすることになったのです。

ライト、ツルノの順番で柔道選手を相手にスパーリングを行いました。柔道選手たちは道衣を着ておらず上半身裸でした。もちろんライトとツルノも道衣を着てはいません。そのために柔道選手たちは相手を掴むことができず、タックルを仕掛けられて、アッサリとマットに転がされてしまいました。そこから足に関節技を仕掛けライト、ツルノの二人は軽々とギブアップを奪っていきます。

この時、自分には驚かされたことがありました。それはライトとツルノが柔道家たちよりも強かったことではなく、仕掛けた技に対してです。

ツルノは、それまでに見たことのない技で足関節を決めていました。

（この技は何なのだろう？）

そう不思議に思い、後で聞くとツルノは丁寧に教えてくれました。その技はアンクルホールドでした。

（これは使える！）

そう思い、帰国後にＵＷＦのリングで用いました。おそらく、日本のプロレスにおいて、アンクルホールドの初披露だったと思いますが、それはツルノから学んだものだったのです。

ライト、ツルノの後に自分も柔道選手とスパーリングをしました。

大きい方の柔道選手は、１９０センチ、１２０キロを超えていましたから威圧感はありました。でも片足タックルを仕掛けると簡単に転ばすことができたのです。グラウンドの展開になった直後にヒザ十字固めを決めました。3度スパーリングをし、すべて足関節技で仕留めることができたのです。「藤原教室」でセメントの練習をしてきたことが大いに役立ったと思いました。

スパーリングをしていた時は知らなかったのですが、この大柄な柔道選手はかなりの実績の持ち主でした。

ヴォイチェフ・レシエコ。

あの山下泰裕さんと79年から83年までに3度対戦していました。そのうち1度は『世界柔道選手権（１９８１年、マーストリヒト）無差別級決勝。山下さんには勝てませんでしたが、ヨーロッパを代表する柔道選手だったのです。

ヴォイチェフ・レシェコ

１９５６年10月、ポーランド出身。10代から欧州柔道界のトップクラスで活躍。70年代後半から80年代前半にかけて『ドイツ国際』『ポーランド国際』『ハンガリー国際』などの主要大会で優勝し、81年には『ヨーロッパ選手権』無差別級も制した。80年『モスクワ五輪』にも出場し7位入賞。81年『世界柔道選手権』銀メダリスト。

ワンツはもちろん、ライトとツルノも知っていたのでしょう。だが自分は知らず、後に著名な柔道家だと聞かされ驚きましたし、そんなトップファイターを相手にスパーリングで勝てたことは自信にもなりました。ちなみにレシェコは、この後にプロレスラーに転向。ボイテック・ボランスキーを名乗りＣＷＡのリングに上がっていました。

日本でのイメージとは別人！〝欧州のA猪木〟オットー・ワンツ

ＣＷＡを仕切っていたのはオットー・ワンツでした。

ワンツは、新日本プロレスのリングにも何度か上がっていますから、憶えている方も多いかと思います。自分が入門する1年前、83年の『ＩＷＧＰ決勝リーグ戦』にヨーロッパ代表として参戦、翌84年にも『ＩＷＧＰ王座決定リーグ戦』に出場しましたが、成績は芳しくありませんでした。おそらくは、お腹の大きいコミカルなレスラーというイメージが強いのではないでしょうか。

日本のリングでは負け役を演じたワンツですが、ＣＷＡではそうではありませんでした。団体のエースであり、ヘビー級のチャンピオン。それどころか国民的人気を誇っていました。

オットー・ワンツ

1943（昭和18）年、オーストリア・グラーツ出身。アマチュアボクシングを経験した後、69年にプロレスデビュー。コミカル且つパワフルなベビーフェイスとして活躍し母国の人気選手となる。73年1月、グラン・ラパンのリングネームで国際プロレスに初来日。同年

日本での印象は芳しくないが、ヨーロッパマット界では絶大な人気を誇ったオットー・ワンツ。
写真は1983年・新日本プロレス参戦時のもの。

8月、南アフリカでジャン・ウィルキンスを破りCWAヘビー級王座を獲得した。76年にブルドッグ・オットーを名乗り新日本プロレスに初参戦。82年8月には米国ミネソタ州でニック・ボックウィンクルを破りAWA世界ヘビー級王座に就いた。86年7月にはアンドレ・ザ・ジャイアントをボディスラムで投げてもいる。90（平成2）年12月のテリー・ファンク戦を最後に現役引退、以降はプロモーターに専念した。2017年他界、享年74。

サマーソルト・ドロップを試合で必ず繰り出すワンツの試合は、コミカルな雰囲気も醸すのですが、シビアさもありました。シュートもできる選手でしたから対戦相手も一目置いていたように思います。

各地での大会最終日には、CWAミドル級とヘビー級のダブルタイトルマッチが行われます。ミドル級王者はスティーブ・ライト、そして、ヘビー級王者がワンツです。特にワンツの試合は子どもからの声援が多く、常に大人気。また、ベンツ、マールボロといった大企業が彼のスポンサーにつくほどで、国内での認知度も相当なものでした。

日本のリングに上がっている時とは別人で、喩えれば「ヨーロッパのアントニオ猪木」だったのです。

プロレス人生で一番良かった所属団体はCWA

新日本プロレスから海外武者修行に出る場合、行き先を自ら決めることはほとんどありませんでした。団体が決めた国へ向かうのです。

自分の場合もそうでした。

ある日突然、マサ斎藤さんから「オーストリアに行け」と言われたのです。

何もわからぬままに成田空港からオーストリアに旅立ったのですが、いま振り返れば自分はワンツの下に修行に出され幸運だったと思います。まだ十代で右も左もわからずプロレスにおける自らのスタイルを模索している自分を温かく迎えてくれました。

ファイトマネーは予《あらかじ》め決められていて、週末に現金手渡しで貰っていました。そしてCWAに参戦してすぐにワンツは自分にこう言ってくれたのです。

「よくやってくれている。今週からファイトマネーを2倍払う」

驚くと同時に凄く嬉しかったことを、よく憶えています。多くギャランティをもらえることはシンプルに嬉しいのですが、それ以上に自分のプロレスが評価されたことに喜びを感じました。

ワンツはCWAの興行面も仕切っていましたから、選手に優しくばかりもしていられません。肉体管理が疎《おろそ》かで、お客さんを惹きつけるプロレスができない選手の契約はすぐに打ち切っていました。逆に練習熱心で、良いパフォーマンスをする選手は高く評価してくれます。CWAは、これまでのプロレス人生で一番良かった所属団体だったかもしれません。そしてワンツは自分にとって、理想の上司でした。

こんなこともありました。

ある日、ワンツにインタビュー取材をしていた記者が「プロレスなんて単なるショーじゃないか。真剣になんてやっていないのでは?」と質問をしたのです。それも、ワンツをあからさまに馬鹿にするような態度で。

ワンツは立ち上がり、記者を睨みつけて言いました。

「じゃあ、ここでやってみるか。そうすれば自分がした質問の答えがわかるだろう」

プロレスをショーだと言われただけなら、これほどまでに怒ることはありません。記者の馬鹿にしたような態度が許せなかったのだと思います。その場でワンツはフロントチョークを仕掛け記者を失神させてしまいました。

自分は同じベビーフェイスだったこともあり、ワンツと試合をしたことはありません。でも一度だけボクシングのスパーリングをしたことがありました。ワンツは若い頃にはアマチュアでボクシングをしていました。カラダも細かったそうです。

ある会場に広めのトレーニング室がありました。そこにはボクシンググローブも吊るされていて、それを見つけたワンツとツルノがスパーリングを始めました。見ていると楽しそうだったので自分も加わりました。

（ワンツのパンチは、どれくらい強いんだろう？）

そんな興味も湧いたからです。

巨体にもかかわらず、シャープなパンチを打ち込んできました。さらに重い。強さを秘めた選手であることを実感しました。


ワンツには米国の団体、人気レスラーたちとのコネクションもありタイトルマッチの相手も豪華でした。アンドレ・ザ・ジャイアント、ディック・マードック、キングコング・バンディらを招聘しリング上の闘いを彩《いろど》っていたのです。自分がいた時も「オットー・ワンツ vs.ブルーザー・ブロディ」が組まれていました。

しかし、このカードは実現しませんでした。その直前にプエルトリコの試合会場のシャワールームで、ブロディがホセ・ゴンザレスにナイフで刺殺されたからです。この時は、代役にブラック・バードを呼び寄せていました。ブロディと比べると格下感は否めません。

バードは新日本プロレスのリングにも何度か上がっていましたが印象に残るような選手ではなかったのです。

これにより興行のトーンが下がるかと思いましたが、そうではありませんでした。ワンツは、対戦相手を光らせるのが実に上手なのです。

（これが、あのブラック・バードなのか？）

そう目を疑うほどに大物選手に見えました。

猪木さんは、対戦相手のヒール外国人選手を輝かせることに長けていたと思います。その点は、ワンツも同じでした。

真面目で研究熱心だった〝バッド・ガイ〟レーザー・ラモン

ヨーロッパ武者修行時代初期に常にともに行動していた選手がいました。新日本プロレスのリングにも上がったことのあるスコット・ホールです。

スコット・ホール

1958（昭和33）年、米国フロリダ州タンパ出身。バリー・ウインダムからプロレスの基礎を学び、84年10月に「スターシップ・コヨーテ」を名乗りデビュー。翌年にリングネームを本名のスコット・ホールとしAWAに参戦。87年5月に新日本プロレスに初来日し『第5回IWGPリーグ戦』に出場、以降は常連外国人選手となる。90年代後半に一世を風靡したnWoのオリジナルメンバー、WWFでは「レーザー・ラモン」としても活躍した。2004（平成16）年には『ハッスル』のリングにも上がっている。2022（令和4）年他界。享年63。元WWFインターコンチネンタル王者。元AWAタッグ王者。

ＣＷＡの興行形態は1つの会場で約1カ月間、週6日開かれることは前述しました。その間、選手はホテルに宿泊します。ウィーンとグラーツでの興行では、朝から晩までスコットとずっと一緒でした。

午前中にジムに行きウェイトトレーニングをします。スコットは練習熱心なうえに体調管理にも気を遣っていましたからトレーニングは欠かしません。彼と行動をともにすることで自分もコンデション調整が上手くできたと思います。

新日本プロレス時代は、試合前に合同練習がありました。「藤原教室」でのスパーリングもあり、そこで試合以上に肉体を追い込んでいました。しかし、ＣＷＡに合同練習はありません。レスラーが各々で会場にやってきて、試合を終えれば帰っていきます。

練習をほとんどせずに日々を過ごす選手も多くいたのです。当時19歳の自分が、そんな環境に甘んじていたなら良いことはなかったでしょう。

またスコットは、食にも気を配っていました。高タンパク低脂肪を徹底します。ツナ缶を食す際には油を含んだ水分を丁寧に取り除いているほどで、炭水化物の効果的な摂取法も細かく考えていました。新日本プロレス時代は「カラダを大きくしろ」と言われ、ちゃんこを食べられるだけ食べていた自分にとっては感心することばかりでした。

トレーニングの後に食事をし、少し休んでから会場に入ります。自分はベビーフェイス、スコットはヒールでしたが、まだお客さんがいない時間帯だったので一緒に会場入りしていました。

その当時、日本と海外のプロレスの在り方の違いを実感したことがありました。

試合を終えた後に何人かのレスラーと一緒に飲みに行くことも幾度かありました。スコットとも一緒に行きます。自分からすれば自然な流れなのですが、ファンから見ればベビーフェイスとヒールが仲良く酒を飲み交わしていることになります。

日本でいえば、アントニオ猪木さんとタイガー・ジェット・シン、ジャイアント馬場さんとアブドーラ・ザ・ブッチャーが大流血戦を繰り広げた後に笑顔を浮かべて乾杯している感じです。その場を見たファンはどう思うでしょうか。昭和の時代なら、すぐに「だからプロレスは八百長だ」との流れにつながってしまいますから、そんなことはあり得ないでしょう。

でもオーストリア、ドイツではそうではありませんでした。いや、アメリカやメキシコでも同じだと聞きました。

プロレスがエンターテインメントであることを海外のファンは、よく理解しています。そのうえでプロレスを楽しんでいるのです。映画や演劇を観るのと同じだと考えればわかりやすいでしょう。劇の中では敵対する役柄だったとしても、その俳優同士が憎み合っているわけではありません。それどころか互いに尊重し合っています。つまり、自分とスコットが一緒にいるところを見たファンが違和感を抱くことはないわけです。


ヒールとしてトップを張っていたスコットとは、よくタッグマッチで対戦しました。スコットが積極的に攻めてきます。豪快に投げを幾度か繰り出し、胸にパンチ、エルボーを叩き込んできます。その後に自分がキックで反撃、組み合ったところでパートナーにタッチするといった展開が多かったように記憶しています。呼吸を合わせてリズムよく、且つダイナミックなパフォーマンスができたことで会場も大いに沸きました。

スコットは、いろいろなことを考えていたと思います。新日本プロレスではベビーフェイス、でもＣＷＡではヒール。どちらが自分に合っているのか、どちらが自分を輝かせることができるのかを模索しているように感じました。

さらに技の習得にも貪欲でした。

自分が海外武者修行に出て数カ月が経った頃、骨法の堀辺正史先生がウィーンまで来てくれました。その際に堀辺先生をスコットに紹介したのです。すると彼は自分たちの練習を見た後に堀辺先生に言いました。

「立ち関節技を教えて欲しい」と。

その場で堀辺先生から指導を受け、また来日した際には東中野の骨法道場にも足を運んでいました。

そんなスコットは92年5月にＷＷＦに参戦し〝バッド・ガイ〟レーザー・ラモンにリングネームを変えヒールとして名を馳せます。ＷＣＷ移籍後、そして新日本プロレスでの「ＴＥＡＭ２０００」でも悪役に徹していました。研究熱心な男でしたから、いろいろと考えた末にキャラクターを確立し、米国でも大人気を得られたのだと思います。

イギリスへ転戦…デイブ・フィンレーと好勝負

　ＣＷＡのリングで闘い始め半年ほどが経った頃、山田恵一さんがオーストリアにやってきました。ブレーメン大会の最終戦のＣＷＡミドル級タイトルマッチにおいて、王者スティーブ・ライトの相手を務めるためで、この1試合だけの特別参戦。再会できたことは嬉しかったのですが、山田さんは試合を終えるとすぐに日本に帰っていきました。

　その後に自分は一旦、ＣＷＡを離れイギリスへ遠征します。自らプロモーターに売り込み実現したものでした。

「(イギリス遠征を終えたら)またＣＷＡに戻ってきてくれ。新たに契約したい」

　ワンツは、そう言ってくれました。自分としても、またオーストリアに戻ってきて試合をしたいと思っていたので、握手をして別れました。

　イギリスでは、まずトニー・セントクレアの家に下宿させてもらい、そこから試合会場に通いました。すると、山田さんが再びやってきたのです。今回はシリーズを通しての参戦でした。その後、山田さんと一緒にリバプールで暮らすことになります。

　イギリスの興行形態は、ＣＷＡとは異なっていました。1つの会場で約1カ月にわたり試合をするのではなく、日本と同じようにシリーズを組んでイギリス国内各地を転戦します。ロンドンで試合がある際にはホテルに泊まりましたが、それ以外はほとんど試合を終えたらリバプールに日帰りで戻ってきます。試合会場までは車で移動、時には片道5時間かかることもあり、帰ってきてベッドに入るのが午前3時になることもありました。試合は週6回、なぜか日曜日が休みでした。

普段のスケジュールは次のような感じです。

起きたら午前中に近くのジムに行き、山田さんと一緒にウェイトトレーニングをします。その後、ほかの選手たち3人と合流し一緒に車で試合会場に向かいます。カラダの大きい男ばかりですから車内はいつも窮屈でした。

ちなみに食事は毎日、ほとんど同じで、昼は中華料理、夜はインド料理。

会場に着き一度控室に入った後、山田さんと自分はすぐに外に出てインディアン・レストランを探しました。すぐに見つかります。インド料理はポピュラーでイギリス各地に数多くありました。そこでテイクアウトし、試合後の夕食を確保するのです。

つまり、イギリスで自分たちにとって美味しかったのは中華料理とインド料理でした。

休みの日曜日は、山田さんも自分も外出することはほとんどなく部屋でカラダを休めます。トレーニング、移動、試合、睡眠を繰り返す日々でした。

イギリスでは、外国人である自分たちがヒールを演じていたかといえば、そうではありませんでした。2人のスーパーヒールがいたからです。デイブ・フィンレーとマーク・ロコ。

デイブ・フィンレー

1958（昭和33）年1月、北アイルランド・ベルファスト出身。78年10月、イギリスでデビューし、若き日には現地に武者修行に来ていた佐山聡（後のタイガーマスク）、前田日明とも対戦している。83年に新日本プロレスに初来日しタイガーマスクと対戦。90年代前半には常連外国人選手となり『トップ・オブ・ザ・スーパー・ジュニア』にも出場している。95（平成7）年にWCW参戦、その後にWWEのリングにも上がった。元WWE・US王者、元CWA世界ミドル級王者、元ブリティッシュ・ミッドヘビー級王者。息子のデビッド・フィンレー、ブロガン・フィンレーもプロレスラー。

マーク・ロコ

1951（昭和26）年5月、イギリス・マンチェスター出身。70年2月、イギリスでデビュー。ダイナマイト・キッドと抗争を繰り広げた後の79年9月、国際プロレスに初来日し阿修羅原が保持していたWWU世界ジュニアヘビー級王座に挑戦した。82年4月には覆面レスラー「ブラック・タイガー」に扮して新日本プロレスに参戦、タイガーマスクの好敵手となる。ザ・コブラのライバルとなった後の89（平成元）年には獣神サンダーライガーの

IWGPジュニアヘビー級王座にも挑む。元WWFジュニアヘビー級王者。2020年7月に他界。享年69。

フィンレーもロコも、レスリングがしっかりとできる選手、そのうえでヒールとして試合を盛り上げることにも長けていました。幾度も山田さんと組んで、ふたりとタッグマッチで対戦しました。まずは、フィンレーとロコがラフファイトを仕掛けてきます。その後に自分が主にフィンレー、山田さんがロコを相手にキックや空中殺法で反撃する展開がほとんどでした。

イギリスの人たちにとって自分たちは外国人なのですが、ベビーフェイスなので常に大声援を浴びながら気持ちよく闘えました。この二人とは手が合ったこともあり、ファンの期待に十分に応えられる試合ができていたと思います。

プロモーターも自分のことを気に入ってくれたようで、テレビ放送のある大会のメインにも抜擢されました。当時、チャンピオンだったフィンレーとノンタイトルながらシングルマッチを行うことになったのです。会場は超満員で、いつも以上の応援を受けながら試合をしました。

大逆転で自分が勝者に。次回のテレビマッチで今度はフィンレーの持つタイトルに挑戦することが決まっていました。

ＵＷＦ移籍騒動

しかし、そのカードは実現しませんでした。ファン、プロモーター、フィンレーには申し訳ないと思いましたが、自分が緊急帰国せねばならなくなったのです。

「船木、ＵＷＦ入り」

『週刊プロレス』に、そう報じられたからでした。

一度日本に帰って、新日本プロレスに対し移籍する旨をきちんと話す必要がありました。(それを終えたら、ＵＷＦのリングに上がる前にイギリスに戻って来てフィンレーとタイトルマッチをやろう)

日本に帰る際にはそう考えていたのですが、結局イギリスに戻ることはできませんでした。

実は、その少し前に『週刊プロレス』通信員のケイジ中山さんがイギリスに来られ、山田さんと自分が取材を受けました。撮影も終わった後、別れ際に中山さんが自分にこう言いました。

「船木選手がＵＷＦに行くという噂があるんですけど、本当ですか?」

もう噂になっているんだ、と思いました。

まだインターネットが普及していない時代でしたから、イギリスにいると日本の情報はほとんど入ってきません。日本のプロレスを取り巻く状況もよく理解できていませんでした。

「行きます」

そう自分は答えました。

ここで隠したところで、春になればわかることです。それにわざとらしく嘘をつくのも嫌でした。

「そのこと記事にしてもいいですか?」

「いいですよ。すぐにわかることですから」

それから数日後に発売された『週刊プロレス』の表紙に自分の写真と「船木、UWF入り」の文字が躍ったのです。

報じられるのが、あまりにも早かったので驚きましたし、それからが大変でした。

まず、『週刊プロレス』を見た坂口征二さんから国際電話がかかってきました。

「何だ、何なんだ、あれは」

坂口さんは凄い剣幕で自分に説明を求めてきました。

「考え直せ」とも言われましたが、「自分の気持ちは固まっています」と答えました。

するとと翌日の朝からは毎日のように、新日本プロレスの選手や関係者から電話がかかってくるようになりました。

「考え直した方がいい」

話の内容は、すべてそれでした。

同期の蝶野さんからも電話がきました。

「船ちゃん、もったいないよ。絶対、もう絶対に帰ってこなきゃダメだよ」

蝶野さんが自分のことを心配して個人的に電話をくれたのか、会社から言われてかけてきたのか。後者だと思いました。

だから、自分も言いました。

「蝶野さんも考えた方がいいよ」と。

電話で誰から説得されても自分の気持ちは変わりません。すると今度は、猪木さんの秘書の方がイギリスにやってきました。そして自分に言うのです。

「社長は、船木のことを凄く大切に考えている。今度の東京ドーム大会で、ジャッキー・チェンとのエキシビションマッチも用意しているんだ。これから先のことを真剣に考えるなら、新日本プロレスに残るべきだ」

世界的に有名なジャッキー・チェンとの試合が組まれるとなれば、船木も考え直すのではないかと猪木さんが考えたのでしょう。実際、少し心が動きました。そのことを山田さんに話しました。すると、こう返されたのです。

「ジャッキー・チェンか。確かに大物と試合ができることは凄いけど、ジャッキー・チェンって俳優だよ。お前、俳優と試合をして何すんの?」

そうだよな、俳優と試合をしてもなぁ、と思いました。

プロレスラーとしての自我が目覚めた海外修行

猪木さんの秘書が帰ると、今度は宮城県仙台市でプロモート業を営んでいる旧知の方がやってきました。自分を新日本プロレスに紹介してくれた人です。驚いたのは自分の母親も一緒にイギリスまで来たことでした。

久しぶりに母と会いました。本当なら、嬉しいことのはずですが母は困ったような顔をして言いました。

「お前、会社に何か悪いことをしたの?」

よく事情もわからずイギリスまで来たのだと思います。そしてプロモーターの方も、新日本プロレスに戻るように説得する感じでもありませんでした。それどころか、こんなふうに言ってくれました。

「気持ちはわかる。俺もＵＷＦの方が船木君には合っているように思う」

これでは説得に来たことになりませんよね。少し拍子抜けしながら、自分の気持ちが変わらないことを伝えました。

翌日は「こんな機会は滅多にないから、お母さん、イギリス観光して帰りましょう」と、母と一緒にイギリス観光をして、翌々日に山田さんを含めた４人で成田行きの飛行機に乗り込みました。

十代後半でのヨーロッパ武者修行は、自分のプロレス人生においてかけがえのないものでした。この時期に闘った選手の中で印象深いのは、スティーブ・ライトとデイブ・フィンレーでしょうか。

ライトからは試合運びの上手さを学びました。互いに技を掛け合いながらファンに試合を見せるプロレスにおいて、いかにして自分が主導権を握るか、スタミナ配分をどうするのかなどを試合を通して教えてもらいました。

フィンレーとはＣＷＡでも一緒だったのですが、本当に手が合いました。それだけでなく自分の持ち味も上手く引き出してもらえたと思います。彼は、その後にアメリカに渡り

訪ねてきた母と仙台のプロモーターの三浦庄吾さん、山田恵一らとイギリス観光をしたあと、帰国の途についた。

ＷＷＥ、ＷＣＷで人気を博しますが、それだけの技量を若き頃から持ち合わせていました。単に自分を輝かせるのではなく、ヒールとして相手を引き立てながら試合を上質なものに作り上げることができたのです。勉強させてもらいました。

自分は、こんなことも考えていました。

ＵＷＦの試合は、月に一度です。ならばＣＷＡを主戦場にして月に一度、日本に帰って試合をすることはできないだろうか。そう思うほどにヨーロッパでの試合は楽しく、またワンツは理想のプロモーターだったのです。実際、ＵＷＦ入りが決まった頃に、その相談をしましたが受け入れてはもらえませんでした。

ヨーロッパ武者修行は、人生観も変えてくれました。

自分は15歳で新日本プロレスに入門し、そこで何の疑いも持たず過ごし育ちました。後から考えれば、来日する外国人選手の目には新日本プロレスの体制は不思議なものに映っていたことでしょう。入場の際には若手選手たちが先導し、試合が始まるとリングの周囲にセコンドとしてつきます。こんな光景は海外では見られません。なぜならば団体は所属選手を抱えておらず、個人個人が団体と契約しリングに上がっているからです。

上から言われたことは絶対、指示通りに動くのが新日本プロレス時代の自分でした。先輩後輩の窮屈なしがらみはありましたが、それを守るのが当たり前のことだったからです。

でも外に出たなら自分の力で生き抜かねばなりません。だから、自分で考えてプロレスをしイギリスのプロモーターへの売り込みもしました。

たとえリスクがあっても、自分が求めるものを定め、自由に行動する方が自分には合っていると気づけたのです。

20歳でＵＷＦに加わった時には、もはや新日本プロレス時代の自分ではありませんでした。

第三章 UWF編

Chapter 3

UWF

「今日は遠慮するな」藤原喜明からの伝言

「UWF（第2次UWF）」には1989年の5月から翌90年12月まで約1年8カ月、在籍しました。その間、僅かに15試合しかしていません。

UWFの興行スタイルは、従来のプロレス団体のそれとは大きく異なるものでした。新日本プロレス、全日本プロレスはシリーズを組み全国を巡業していましたから年間約200試合をすることになります。対してUWFは大会場を中心に年間十数大会しか行いません。後に誕生する格闘技イベント、K-1やPRIDEと同じような興行スタイルでした。当然、試合数は少なくなります。また、怪我をしたことで長期戦線離脱もありました。それにより試合数が15にとどまったのです。

そんな中で、もっとも多く試合をした相手は藤原喜明さんでした。

初めてUWFのリングに上がったのは89年5月の大阪球場大会。すでに壊され、いまは再開発されショッピングモールなどが入った複合施設になっていますが、かつてのプロ野球・南海ホークスの本拠地。その球場に2万3千人の観客を集めてのビッグイベントでした。そこでの帰国第1戦で藤原さんと対峙したのです。

新日本プロレスに入門した直後から、藤原さんにはスパーリングを通して鍛えて頂きました。あの「藤原教室」なくして、自分のキャリアは語れません。そして、新日本プロレス時代に藤原さんと試合をしたことは一度もありませんでした。

当時の自分はＵＷＦが目指す方向性を理解できていませんでした。そして、藤原さんも同じような感覚があったように思います。というのは、藤原さんもこの時が「第２次ＵＷＦ」初参戦だったからです。

イギリスから帰国しＵＷＦ参戦を正式発表した頃に、それまでの試合を収録したビデオテープを神真滋社長から渡されすべて観ました。キック、スープレックス、関節技で試合を構成していくことは理解したのですが、自分はもっと幅広く技を用いてのプロレスで魅せたいとも思っていたのです。

高田さんと山崎さんに誘われてＵＷＦに入ることを決めた時、自分は話しました。

「プロレス技も使いたいです」と。

すると高田さんは、こう言いました。

「使えるヤツはね」

そんな会話をしたのは、第２次ＵＷＦの旗揚げ前です。旗揚げ後に「これまでのプロレスと同じことをやっていてもダメだから、さらに格闘技に近い路線で行こう」となったのかもしれません。でも自分はそんなふうには考えておらず、ヨーロッパで体得したことも織り交ぜて、もっと幅広いプロレスをやりたかったのです。

そして案の定、試合展開はUWFが求めていた路線からは外れたものになります。互いにエキサイトし、最後は藤原さんが頭突きを連発。これにより自分の反則勝ちになりました。

（帰国第1戦で、こんな後味の悪い試合は嫌だ！）

ゴングが打ち鳴らされた時、自分はそう思いました。

だからマイクを手にして「もう一回やろう」と言ったのです。これが認められ5分間の延長戦をやることになり、藤原さんにヒザ十字固めを決められて負けます。勝ち負けはともかく、反則決着で後味の悪さを残すよりも良かったかなと思いながらリングを下りました。

ところが、翌日のミーティングで前田さんと神さんに、やんわりと怒られました。

「スポンサーになってくれそうな企業があったんだけど、断られたよ」

そうも言われました。

UWFはプロレスではなく、格闘技として売っている。なのに自分がいかにもプロレスっぽい試合をしたためにビジネスチャンスを逃すことになったと言われたわけです。この時は、自分がやりたいプロレスとUWFが目指す路線には隔たりがあると感じずにはいられませんでした。

藤原さんとの2度目の試合は、それから4カ月後の9月7日・長野大会。この時も自分は悩みながら試合をしていました。

UWFスタイルに馴染めずにいたこと。そしてもう一つ、骨法の存在がありました。

「せっかく骨法の練習をしているのだから、もっと骨法の技を使わなきゃダメだ。遠慮せずに相手を打ちのめせ!」

そう、骨法の堀辺先生から言われていたのです。

でもプロレスというのは、そう単純なものではありません。自分がやりたいことだけをやって成立するものではないのです。互いに技を仕掛け受ける攻防の中で、試合を徐々にヒートアップさせ観客を熱狂させていきます。熱い試合は、闘うもの同士の共同作業によって生まれるのです。

でも、藤原さんとの2戦目でも骨法の技を多用しました。

自分は骨法を習っていましたが、骨法の選手ではありません。なのに、なぜ骨法の技を使うことに縛られて試合をしなきゃいけないんだろう、窮屈だなと思いながら藤原さんと試合をしていました。

自分が攻めるだけ攻めて、最後は藤原さんにヒールホールドを決められて負けました。

3度目の対戦は90年9月の愛知県体育館大会でした。

この時は、前の2試合とは自分が置かれている状況が変わっていました。90年になってから山崎一夫さん、高田延彦さんに勝利し、この後には前田日明さんと再戦する流れになっていたのです。

会場入りして控室にいるとレフェリーの空中正三さんが来て、自分にこう言いました。

「藤原さんが『今日は遠慮するなよ』と言っている」

確かに過去2戦において、自分に迷いがありました。それはUWFが自分にいかなる闘い方を望んでいるのか、そして藤原さんとの試合で何をすれば良いのかが明確になっていなかったのです。

でも藤原さんが「遠慮するな」と言ってくれたことで吹っ切れて、気持ちが楽になりました。打撃でガンガン攻めていく決意が固まったのです。幾度かダウンを奪った末にKOで勝ちました。

新日本プロレス入門直後、15歳で「藤原教室」に加えてもらいスパーリングで決めまくられボロ雑巾のようにされていた頃には、リング上で藤原さんに勝つ自分の姿など、まっ

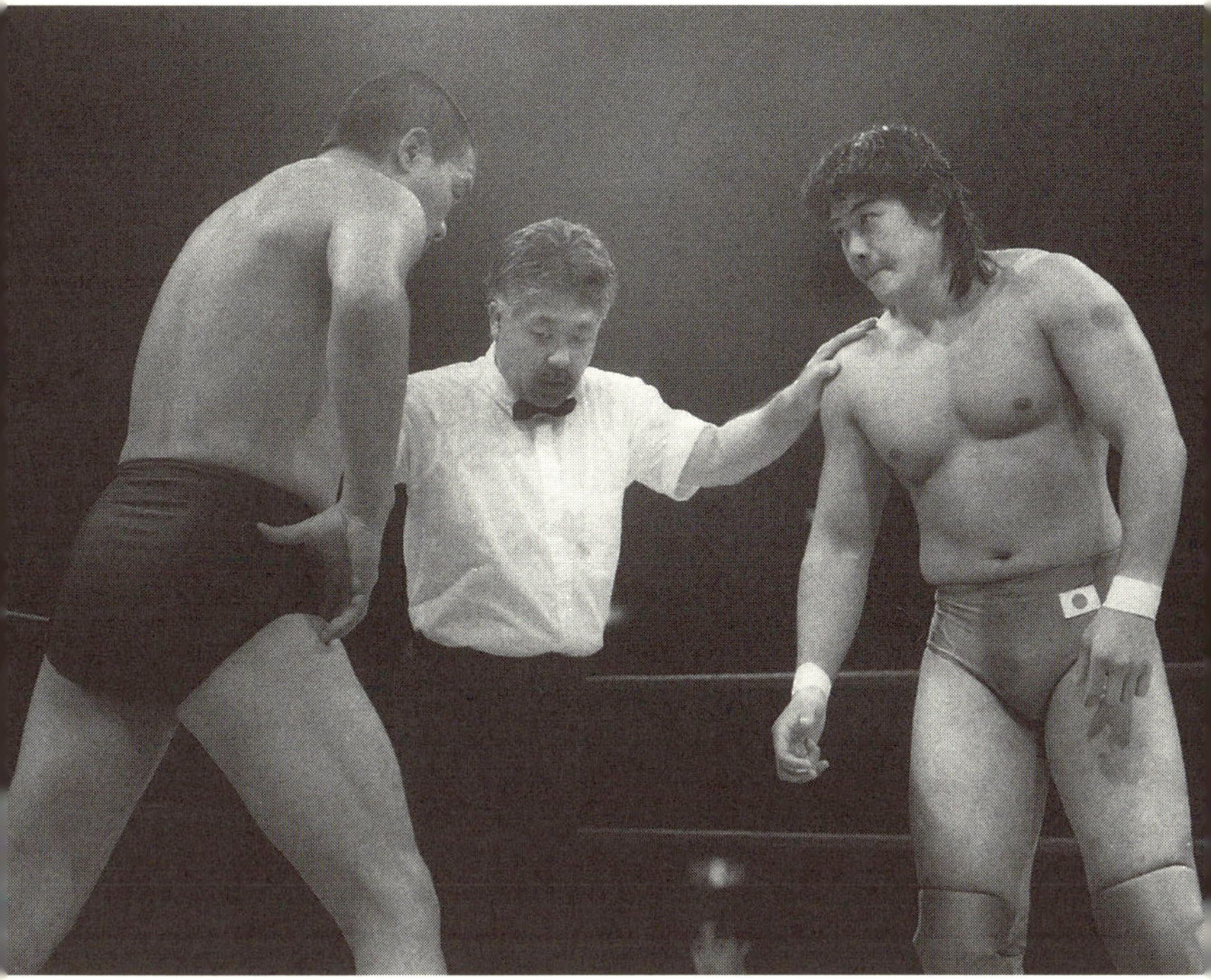

UWF移籍第1戦目を始め、藤原喜明とは同団体で3度対戦。1990年9月の愛知県体育館での対戦で初勝利を飾った。

たくイメージできませんでした。それが21歳で勝てた。忘れ難き一戦です。当時も、藤原さんに関節技で自分が勝てることはなかったと思います。勝つには打撃しかありませんでした。

20代のプロレスラー時代、自分にとって最強の関節技の使い手は間違いなく藤原さんでした。また道場のリング、試合を通して鍛えて頂いたことに藤原さんには深く感謝しています。

一方的に攻めまくったボブ・バックランド戦

UWF参戦後、2試合目で闘ったのは、ボブ・バックランドでした。大阪球場で藤原さんと試合をした17日後、89年5月21日、千葉・東京ベイNKホール大会。

ボブ・バックランド

1949（昭和24）年8月、米国ミネソタ州プリンストン出身。ノースダコタ大学在籍時の71年にNCAAレスリング王者となる。卒業後にエディ・ジャーキーからプロレスを学び、

73年にデビュー。76年12月からWWWF（後のWWF、現WWE）に参戦、78年2月にスーパースター・ビリーグラハムを破り同団体のヘビー級チャンピオンとなる。83年にアイアン・シークに敗れるまでWWFの主役であり続けた。79年には新日本プロレスのリングでアントニオ猪木と名勝負を繰り広げる。80年12月には『第1回MSGタッグリーグ戦』に参戦、猪木とコンビを組み、決勝でスタン・ハンセン&ハルク・ホーガン組を破り優勝。２０１３年にWWE殿堂入り。ニックネームは「ニューヨークの帝王」。

バックランドが有名な選手であることは知っていましたが、正直なところ試合はほとんど見ておらず、思い入れもありませんでした。

あの試合の前に自分が考えていたのは高田さんのことです。その前年に大阪で高田さんがバックランドと試合をしています。そのビデオテープを観ながら思いました。

（高田さん以上にバックランドを圧倒したい）と。

当時、自分は前田さんではなく高田さんのことを強く意識していました。

高田さんと直接闘うわけではないのですが、バックランドという同じ相手と試合をすることで内容が比較されます。ならばバックランドを圧倒して高田さんに肩を並べたい、超えたいと考えていました。

打撃を多用してメチャクチャに攻めました。張り手で倒し、頭部も蹴り込みました。そして三角絞めに入ろうとしたところでバックランドが片腕で自分を持ち上げます。ここはバックランドの見せ場で、本来ならその流れに付き合うところでしょう。しかし、あの時の自分はそれさえ無視しました。直後にトップロープからバックランドにドロップキックを見舞ったのです。

UWFルールにより、これで反則負けとなり試合は終わりました。館内には重い空気が漂っていたように感じました。試合後に自分が一方的に攻めたことに対して、バックランドが文句を言ってくるようなこともありませんでした。

すでに全盛期を過ぎていたバックランドは、新日本プロレスから呼ばれることもなくなっており闘いの場をUWFに求め、そのスタイルを理解してリングに上がっていたのだと思います。

高田さんを超える怒涛の攻めはできましたが、結果は反則負け。あまり充実感はなく微妙な気持ちでいたところ、前田さんから呼び出されました。

夜遅くに飲食店に連れていかれます。試合のことで怒られることを覚悟しましたが、そうではありませんでした。

前田さんは静かな口調で言いました。

「海外から帰って来て、お前が凄く迷っているのはよくわかる。でもな、落ち着いて一度考えてみてくれ。ルールを見て、全体を見て、それで試合をした方がいいぞ。それが、いまのお前に必要なことだと思うから」

怒られるのではなく、諭されている感じでした。

前田さんが言われることは理解できました。それでも21歳の自分の中には釈然としないものが残りました。ヨーロッパで習得した新たなスタイルで闘いたいのにそれができない。UWFスタイルを押しつけられることが窮屈に感じました。

帰国2戦目でバッドクランドとのカードが組まれたのは、UWFが自分に期待をしてくれている表れだったでしょう。でもあの時、自分はUWFに来たことを後悔していました。(こんな窮屈な試合をさせられるのなら、新日本プロレスに残っていた方がよかった。その方が、もっと自由に試合ができたかもしれない)と。

「もっと強くならないと…」モーリス・スミスの衝撃

そんな鬱屈とした気持ちでいた自分を蘇らせてくれた試合がありました。

バックランド戦の後に組まれた安生洋二戦(89年6月14日・愛知県体育館)、中野龍雄戦（同年7月24日、福岡・博多スターレーン）です。

この二人とは新日本プロレスの前座時代に幾度となく対戦しています。「藤原教室」でもスパーリングでしのぎを削り合いました。リングがＵＷＦに代わっても互いに思い切りぶつかり合うことができたのです。

以前は新日本プロレスに安生さん、中野さんたちが乗り込んできました。今回は逆で自分がＵＷＦの新参者です。二人は新日本プロレスの時以上にガンガン来ましたし、同様に自分も行きました。打撃と関節技だけではなくダブルアーム・スープレックス、水車落としなどの従来のプロレス技も交えてやり合いました。

会場も大いに沸きました。安生さん、中野さんと思いっきりぶつかり合えたことで心が落ち着いたようにも思います。ＵＷＦでの先が見えた2連戦でした。

ＵＷＦの人気は高まるばかりでした。新日本プロレス、全日本プロレスに比べて試合数は少ないですが、そのことが逆に試合の価値を高めていったのでしょう。『週刊プロレス』『週刊ゴング』『週刊ファイト』といった専門誌でも話題の中心はＵＷＦだったように思います。

そしてＵＷＦが東京ドーム大会を開くことが決まります。

1989年11月29日『U-COSMOS』。

9月、長野で藤原さんと2度目の試合をした頃に会社からこう言われました。

「ドームでは打撃系の選手と試合をしてもらうことになると思うから、その準備をしておいて欲しい」

対戦相手の名前は聞かされておらず、キックボクサーであるという情報だけでしたが、そこに向けて毎日のように鈴木実（現・鈴木みのる）をパートナーに打撃攻防の練習をしていました。大舞台での試合、ファンの期待に応えられるようにと準備は怠らないつもりでしたが、練習中にアクシデントが生じました。自分が放ったバックハンド・ブローを鈴木がヒジでガード。その際に腕に激痛が走ったのです。その時は一時的な痛みだと思い練習を続けました。

この頃、練習後に自動車免許を取得するために教習所に通っていました。腕に違和感をおぼえながらも教習所に行き車に乗ったのですが、そこで激痛が走ります。すぐに整骨院に行きレントゲンを撮ってもらうと腕の骨にヒビが入っていることがわかりました。

（やってしまった）

そう思い、すぐに前田さんに連絡しました。

すると前田さんは、こう言ったのです。

「大丈夫、2週間で治るよ。試合には間に合う」

自分は半信半疑でしたが、試合までには何とかして治さなければとは思っていました。

2週間が経った頃には痛みも少なくなり「これなら何とかなるかな」と安心していたのですが、ここでまた腕の状態を悪化させてしまいます。

UWFの東京ドーム大会に向けて、山梨で強化合宿を行うことになり自分もそれに参加しました。テレビの取材もあり、そこでベンチプレスをしました。普段は80キロを挙げていたのですがカメラが入っていたこともあり100キロに設定、すでに2週間が経ち腕の痛みも収まっていたので「大丈夫だろう」と思いチャレンジします。

軽率でした。

この時に治りかけていた骨をパキッと折ってしまいました。これにより東京ドーム大会欠場どころか、長期欠場を余儀なくされたのです。

「第2次UWF」での唯一の東京ドーム大会は、開催前から大いに盛り上がっていました。チケットは完売し、TBSでのテレビ放送も決まっていました。前田さんがオランダの柔道選手ウィリー・ウィルヘルム、髙田さんがレスラーのデュアン・カズラスキー、山崎さんがクリス・ドールマン、安生さんはムエタイのチャンプア・ゲッソンリットと異種格闘技戦を行います。そして自分は、当時ヘビー級最強のキックボクサーだったモーリス・スミスと闘うはずでした。

左腕を骨折したことで東京ドーム大会に出られなくなり、ガッカリしました。気持ちが萎えてしまい一日中、家から出ずダラダラとした生活をしてしまいます。出前を頼んで食事をし、あとは寝ているだけ。

（もう東京ドームも関係ないや）

約1カ月半の間は、腐った状態で過ごしていました。

そんな自分の代わりに鈴木実がモーリス・スミスと試合をしました。急な決定で鈴木は大変だったと思います。もともと鈴木は東京ドーム大会のメンバーには入っていませんでしたから、大抜擢との見方もありましたが、準備も整わぬままリングに上がることになりました。

試合は間近で観ました。一方的な展開で鈴木がボロボロにされてのKO負け。その時に思いました。

（もし自分が出ていても、同じようにボロボロにされていたかもしれない）

鈴木が負けたことはショックでしたが、その後に急にやる気が出てきました。腐っている場合ではない。骨がくっついたら、もう一度カラダをつくり直そう。すぐにでもトレーニングを始めたいと思えたのです。

思い起こせば、あの時に自分の心に変化が生じ始めたのかもしれません。

(世界には強い選手がいっぱいいる。いまのままでは彼らとリアルファイトで互角に渡り合えない。もっと強くならないと自信を持ってリングに上がることができない)

モーリス・スミスだけではなく、ほかの外国人選手の強さも目のあたりにして、そう感じずにはいられませんでした。

道場のスパーリングのままを試合で

左腕の骨折で約7カ月、戦線を離脱しました。

最初は腐っていましたが、結果的には自分を見つめ直すことのできる貴重な時間になったと思います。早く復帰しなければと焦るのではなく、時間をかけてコンディションを整えることができましたし、気持ちの整理もつきました。

この間に、骨法道場に通うのをやめました。

堀辺先生から、こう言われたのです。

「これまで通りの試合をやるのか、それとも私の言う通りに闘って相手を倒しにいくのか。もし、これまで通りにやるつもりなら骨法をやめてくれ」

さすがにUWFのリングで、堀辺先生の言われることをそのままやるのは無理だと思いました。骨法、堀辺先生が嫌いになったのではなく置かれた状況による考え方の違いです。若き日の自分をずっと温かい目で見守って頂いたことには、いまも堀辺先生には感謝しています。

骨法道場は離れましたが、自分が強くなる上でもっと打撃を学ぶ必要があるとは思っていました。そんな時、UWFでレフェリーをやっていた児玉茂さんから元プロボクサーを紹介されました。元日本バンタム級チャンピオンの小林智明さんです。現役引退後はスポーツライターを目指して、さまざまな活動をされている方でした。

そんな小林さんにお願いしてボクシングを教えてもらうことにしました。

週に2回、練習は夜の7時過ぎから始まります。場所は小林さんが所属していた角海老宝石ジムで、Yシャツ姿のままミットを持ってくれました。小林さんの現役時代のビデオを観ると果敢に打ち合うファイター。それでも自分には、しっかりとした基本とアウトボクシングを授けてくれます。教え方が実に上手く、この間に打撃技術を上達させることができました。単にパンチの打ち方だけを学んだのではありません。打撃の攻防での距離の保ち方も身につけることができ、それは後に藤原組のリングで行う異種格闘技戦にも活かされたと思います。

7カ月の休養、その後にトレーニングを積んだことでコンディションは戻りました。気持ちの整理もできメンタル的にも充実した状態でリングに戻ります。

復帰したのは1990年4月15日、福岡・博多スターレーン大会、鈴木実との初対決でした。

鈴木みのる（鈴木実から改名）

1968（昭和43）年6月、神奈川県横浜市出身。横浜高校時代に国体2位の成績を収め、87年3月に新日本プロレス入門。翌88年6月、飯塚孝之戦でデビューを果たす。89（平成元）年3月にはアントニオ猪木と対戦し、直後にUWFに移籍。91年3月、船木とともにプロフェッショナルレスリング藤原組所属となり、93年からはパンクラスのリングに上がる。95年5月、ケン・シャムロックを破り第2代キング・オブ・パンクラシストとなった。2003年からプロレスに復帰、「世界一性格の悪い男」と称されるキャラクターで存在感を示す。現在も、さまざまなプロレス団体のリングで活躍中。

この時、自分は実験をしたいと思いました。

普段、道場でやっているスパーリングをリングで行えばどうなるのか。ファンに受け入れられるのか否かを試したかったのです。それをやるには、鈴木との試合が組まれたことが絶好の機会でした。先輩レスラーが相手ではそれはできませんが、鈴木は自分と同じ歳ながら、まだキャリアの浅い後輩です。

鈴木に言いました。

「どっちが勝ってもいい。道場でやっている時と同じようにリング上でスパーリングをやってみよう」

「わかりました」

そんな感じで、試合をしました。

互いに打撃は、ほとんど繰り出しません。組み合った後、グラウンドの展開で関節技を決め合いました。博多スターレーンは、選手にとってとても試合がしやすい会場だったように思います。何をやってもファンが盛り上がってくれるのです。そのことは9カ月前に中野さんと闘った時にも感じていました。

最後はヒールホールドを決めて自分が勝ちました。気持ちよく思いっきり闘えたことで鈴木にとっても満足できた試合だったと思います。プロレスの中でリアルファイトもできると証明できた気持ちにもなりました。

ただ、試合後に前田さんからはこう言われました。

「地味な試合やったなぁ」

前田日明と初対決

鈴木を相手に復帰戦を行った約3週間後の5月4日、日本武道館大会ではメインエベントで、ついに団体のエースである前田日明さんと対峙することになりました。前田さんとは、それまでにスパーリングも一度もしたことはありません。ここで初めて前田日明というプロレスラーを体感することになったのです。

前田日明（まえだ・あきら）
1959（昭和34）年1月、大阪市出身。77年、新日本プロレス入門。翌78年8月、山本小鉄戦でデビュー。恵まれた体躯と身体能力の高さから、早くから将来のエース候補と期待され、82年2月から1年余り英国で武者修行。翌年に帰国すると5月には『IWGP決勝リーグ戦』に欧州代表として出場した。84年、「第1次UWF」に移籍。以降、「第2次UWF」ではエースとして活躍、一大ブームを巻き起こした。91（平成3）年に『リングス』を設立し世界から強豪ファイターを招聘。99年2月の引退試合ではレスリング・グレコローマンスタイル130キロ級五輪連覇、世界選手権9連覇を果たした「霊長類最強」アレクサンダー・カレリンと闘っている。2008年には大会プロデューサーとして「THE OUTSIDER」を旗揚げ。現在はYouTuberとしても活動中。

この時、自分は思いました。前田さんともシリアスな試合がしたい、打撃と寝技の両方でお互いに納得がいくまでやり合いたいと。

グラウンドの展開になり、前田さんが上で自分が下になった場面がありました。前田さんの上からの攻めに対して自分も遠慮なく下から掌底を返します。お互いに激しくやり合う中で、前田さんが「ニヤッ」と笑ったように見えました。

(前田さんも、道場でやっているようなリアルな闘いがしたかったんだ)

そう思い嬉しくなりました。

でも違いました。

自分がバックを取った時に、前田さんが囁くように言ったのです。

「船木、見ろ。全然(観客が)湧いてないやないけ!」

その瞬間、我に返りました。

スリリングな攻防を楽しんでいた自分とは、まったく異なることを前田さんは考えていたのです。つまり、前田さんは自分とではなく観客と勝負をしている。確かに館内はシーンと静まっていました。

ショックを受けました。

(自分だけが空回りしていたのか)

そう思い、動揺し恥ずかしい気持ちにもなりました。

最終的にジャーマンスープレックスを喰らい、蹴られた後に片羽絞めを決められて試合は終わります。直後にリング上で前田さんから説教をされました。

前田さんが言わんとしていることは分かります。的を射ているだけに悔しさが募りました。

(お客さんがいる前で、そこまで言わなくてもいいじゃないか)

そうも思い、悔しくて自分は不貞腐れた表情をしていたと思います。

リングを下り控室に戻った後、すぐにタクシーを呼んでもらいシャワーも浴びず汗だくのままジャンパーを着て荷物をまとめ控室を出ました。

出口に向かう途中にあるスペースで前田さんがマスコミに囲まれてインタビューを受けています。自分は、その横を足早に通り過ぎました。

家に帰っても、悶々として眠れずにいた夜中12時頃に電話の音が鳴ります。前田さんからでした。

「今日の試合、あれはあれで仕方がない。でも先輩がまだインタビューを受けているのに先に帰るのはよくないぞ。お前の気持ちもわかる。ああやって怒られた後に嫌になるのはわかる。でも、俺がインタビューを受けているのに先に帰るのはよくない」

前田さんは、だいぶ酔っていました。同じことを何度も繰り返します。試合を終えて酒を飲み、それでも自分のことを気にかけて電話をくれたのでしょう。

「今回は今回で仕方がない。でも俺にもう1回チャンスをくれ。絶対にお前といい試合をする自信があるから。もう1回チャンスをくれ」

そうも前田さんは言いました。自分はこの時「チャンスをくれ」の意味がわかりませんでした。ただ、この日のリングで自分がやろうとしたことを前田さんが全否定しているのではないことは伝わってきました。自分を気にかけてくれていることも。

だから言いました。

「わかりました」と。

一度戦い、その後に話し合えたことで前田さんとの信頼感ができたように思います。

この直後に、山崎さん、高田さんとの試合が組まれました。

実力の伴ったバイプレーヤー・山崎一夫

髙田さん、山崎さんは新日本プロレス時代の先輩で、海外武者修行に旅立つ直前にはUWFに来るよう誘ってくれました。新日本プロレスのリングでは対戦する機会はありませんでしたが、UWFでは両先輩とも試合ができました。

山崎一夫（やまざき・かずお）
1962（昭和37）年8月、東京都港区出身。81年、新日本プロレスに入門し翌82年5月にデビュー。前座時代は高田延彦としのぎを削り合った。その後、佐山聡が開設したタイガージムに移籍、84年に第1次UWFに入団。第2次UWF消滅後はUWFインターナショナルに所属し高田に次ぐナンバー2として活躍した。主戦場を新日本プロレスに戻した後、2000（平成12）年1月に引退。テレビ朝日『ワールドプロレスリング』解説者も長く務めた。現在は、神奈川県綾瀬市で整体治療院経営。主な獲得タイトル／IWGPタッグ王座。

髙田延彦（たかだ・のぶひこ）
1962（昭和37）年4月、神奈川県横浜市出身。80年、新日本プロレスに入門し翌81年5月、保永昇男戦でデビュー。アントニオ猪木の付き人も務める。83年から人気が上昇、「青春のエスペランサ」と称されジュニアヘビー戦線で活躍。UWFに参加後の91（平成3）年にUWFインターナショナルを設立しエースとなる。97年10月、東京ドーム『PRIDE1』と翌98年同日同所『PRIDE4』でヒクソン・グレイシーと対戦。以降、PRIDEのリングで試合を続けた。2002年11月『PRIDE23』での田村潔司戦を最後に現役引退。その後はPRIDE統括本部長に就任、テレビ解説を務める傍らプロレスイベント『ハッスル』にも出演した。現在は髙田道場主宰、タレント活動も行っている。主な獲得タイトル／IWGPジュニアヘビー&ヘビー級王座、プロレスリング世界ヘビー級王座。

1990年6月21日、大阪府立体育会館のリングで山崎さんと対戦しました。

プロレスラーのタイプはふたつに分かれるように思います。

一つはイベントの中で自分が目立ちたい、主役級の活躍をする存在でありたいと考えるタイプ。もう一つはイベントを成功させるために脇役に徹するタイプです。実力があるしっかりとした脇役がいないと主役も光ることができません。実は脇役は、時に主役以上に必要性が高かったりもするのです。これは、映画やドラマなどのエンターテインメントでも同じことが言えるでしょう。

山崎さんは、脇役に徹するタイプでした。そして、自分と同じで打撃を基調として試合を組み立てます。

大阪での試合は噛み合ったものになりましたが、自分が放った打撃で山崎さんが右眼上をカットし出血。これによりレフェリーストップで自分が勝者となりました。

それでも山崎さんの運動センスの良さは際立っていました。キックの速さは随一。反応能力も高く、どんな相手と闘っても上手に試合をつくります。そして気持ちが優しく自分を犠牲にすることも厭《いと》わない方だったように思います。

自分の掌打で目の上をカットさせてしまった時も、試合後に優しい口調でこう言ってくれました。

「いいよ、いいよ。大丈夫、大丈夫」

団体にはエースだけではなく、実力を伴ったナンバー2、ナンバー3の存在も欠かせません。その役割を山崎さんはカッコよく務めていたのだと思います。

優しい先輩だった髙田延彦

髙田さんとは、その約2カ月後の8月13日、横浜アリーナのリングで対峙、これが2度目の顔合わせでした。初めて髙田さんと対戦したのは、そのちょうど1年前、場所も同じ横浜アリーナでした。

その時に骨法の技を初披露することを決めていました。だから試合前に髙田さんに言ったのです。

「骨法を使いたいんですけど」

髙田さんは、こう返してくれました。

「おぉ、いいよ。何でもやって来て」

自由に攻めさせてもらい打撃でダウンも奪いました。いま思えば、髙田さんが自分を光らせてくれたのだと思います。最後はラクダ固め(キャメルクラッチ)を決められて負けますが、自分の健闘が専門誌では大きく報じられていました。

あれ以来、2度目の対決です。

遠慮なく攻めました。髙田さんは余裕を持って技を受けてくれていたのですが、10分過

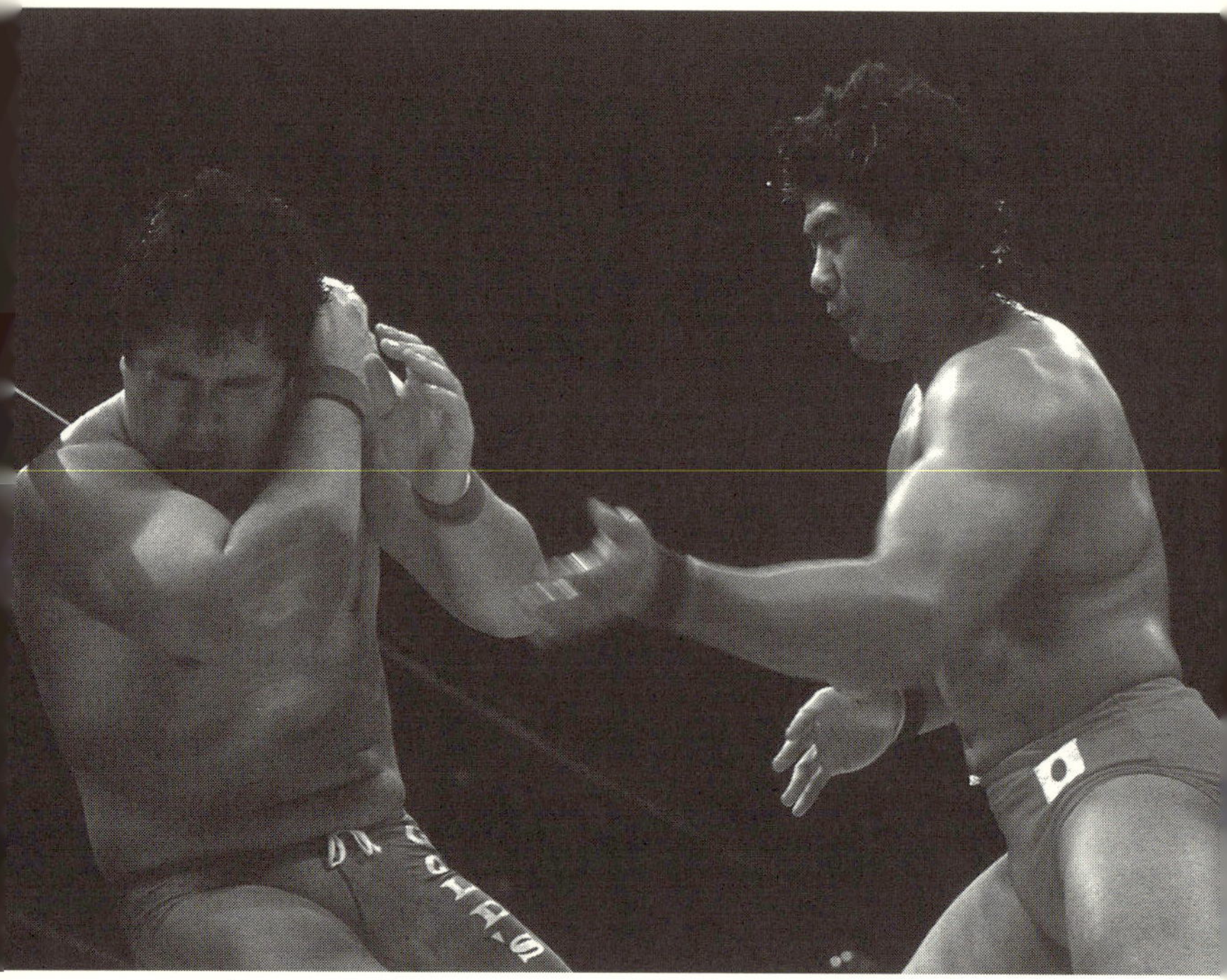

1990年8月13日の横浜アリーナ大会で、高田延彦に激しい打撃を繰り出し、レフェリーストップで勝利。

ぎにアクシデントが生じます。自分が見舞ったヒザ蹴りで高田さんの右眼上をカット、出血が酷くレフェリーストップに。勝ちはしましたが、山崎さんとの試合に続き後味の悪い結末になってしまいました。

試合後に藤原さんから、こう言われました。

「思いっきりやるのはいいが、相手に怪我をさせるのはプロじゃねえぞ!」

その日の夜、高田さんに電話をして謝りました。

高田さんは明るい声で、こう言ってくれました。

「いいよ、気にするな。格闘技みたいで良かったじゃん」

救われた気持ちになりました。

十代の頃を振り返れば、高田さんにはよくして頂いた思い出が、いっぱいあります。

自分が新日本プロレスに15歳で入門したのが、1984年4月11日。旧UWF、ユニバーサルプロレスの旗揚げ戦が埼玉・大宮スケートセンターで行われた日でした。その大会に出場していた高田さんが深夜に寮に帰ってきます。

「新しく入りました船木です。よろしくお願いします」

そう挨拶しました。

高田さんは疲れ切っていたようで「あぁ」とだけ口にして通り過ぎて行きました。その後も名前を憶えてもらえず、高田さんからは「新弟子」と呼ばれ続けます。

時間が経ち、自分はまだデビューしていませんでしたが巡業に帯同するようになっていたある日、高田さんから「メシ行こう!」と誘ってもらいました。そこで、いろいろと質問してくれます。

「何でプロレスラーになりたいと思った?」

「入ってみてどう?」

「何を目指している?」

そんな風に聞いてもらえることが嬉しくて、緊張しながらも真剣に答えました。

店を出た後、高田さんと一緒にスーパーマーケットに行き、そこでバナナとチーズを買ってくれてこう言ってもくれました。

「まだカラダが小さいから、飯はいっぱい食え。その後にプロテインを飲んで、このバナナとチーズも食べろ。そうすればカラダが大きくなるから」

その数日後に、高田さんはＵＷＦに移っていきました。

痛いを通り越した破壊力！ 髙田延彦のローキック

ＵＷＦが業務提携という形で新日本プロレスに戻ってきたのは、それから1年半後の85年12月。それ以降も髙田さんには、よく飲みに誘ってもらいました。

87年の1月には、熊本で旅館破壊事件を起こしてしまいます。新日本プロレスとＵＷＦ選手が一緒に飲んで親交をはかる意図で開かれた宴会で大喧嘩が生じ、湯の児温泉旅館を壊してしまったのです。騒動の後、自分の部屋に髙田さんから電話がかかってきました。

「武藤と一緒に、こっちに飲みに来てくれ」

「はい、わかりました」

でも大暴れをした武藤さんは、もうベロンベロンで眠ってしまっています。廊下で会った飯塚孝之を誘って髙田さんがいる店に向かいました。そこで髙田さんと朝まで飲んで久しぶりに心を通わせました。

シリーズが終わった後には、また髙田さんに誘われ飯塚、松田納（エル・サムライ）と一緒に六本木に行きました。そこには前田さんもいてくれて嬉しかったことを憶えています。ただ、僅か15分でウイスキーを3本空けてしまうような感じだったので何を話したかは、まったく記憶にありません。挙句の果てに酔っぱらって意識朦朧、前田さんと高田さんに寮まで連れて帰ってもらったこともありました。自分にとっては楽しかった思い出です。

でも時間が経ち立場が変わると、関係性も変化します。

1998年の夏、スカイパーフェクTV!の企画で髙田さんと対談をしたことがありました。

その約2カ月後に髙田さんは『PRIDE4』でヒクソン・グレイシーと再戦することが決まっていて、そこに向けての番組の収録だったと思います。新日本プロレス時代のちゃんこを再現し、鍋をつつきながらの語らいだったのですが、何処となくギクシャクしていて本音では話せませんでした。

髙田さんはUWFインターナショナルを経て『PRIDE』に参戦、自分はパンクラスのエース、互いの立場が壁を作っていました。会って話すのもUWF解散直後以来、実に7年7カ月ぶりだったのです。

前田さんと高田さんの関係も、そんな感じだったのではないかと思います。『PRIDE』と『リングス』の敵対関係が、個人的な関係に亀裂を生じさせてしまうのだと。

2022年、猪木さんのお葬式の時、偶然にも席が高田さんの隣でした。高田さんは、優しい口調で話しかけてくれて昔の関係に戻れた気がして嬉しかったです。

意外の思われる方も多いかもしれませんが、実は髙田さんと道場、巡業先での開場前のリングでスパーリングをしたことは一度もありません。これは前田さん、山崎さんも同じです。３人の先輩と対峙したのはＵＷＦのリングのみでした。

髙田さんとは2度試合をしましたが、強く印象に残っていることがふたつあります。

一つは、顔面への打撃を苦手にしていたこと。攻防の際に目をつぶってしまうクセがありました。

もう一つはローキックの強さ。喰らうとズシーンと体中に衝撃が走りました。痛いのを通り越して破壊される感じです。髙田さんのローキックは、前田さんのそれよりも強烈でした。

ＵＷＦインターナショナルのリングで北尾光司さん、トレバー・バービックも喰らっていましたが、あれは受けるのが大変だったと思います。

どんな攻撃でも受け切る！ 無類の頑強さを誇る前田日明

山崎さん、髙田さん、そして藤原さんも破って3連勝。そして前田さんとの2度目の対決を迎えるのですが、この時ＵＷＦは終焉に向かっていました。

でも自分は会社内で起きていることを理解していたわけではなく、前田さんとの試合に意識を集中させていました。

前回、対戦した後に前田さんからリング上で説教をされました。

もっとファンの心に響く試合をしよう。

前田さんはそう自分を諭したのだと思いました。そして再戦の前に、こう言ってくれました。

「ガンガン来い。全部、受けてやるから」


90年10月25日、大阪城ホール。

試合前は妙に緊張しました。と同時にプロレスの難しさも感じていました。

プロレスはアマチュアの格闘技とは違い観客を集め、その人たちを熱くさせることで成立するジャンルです。勝敗のみを競うものではありません。だから、目いっぱい攻めよう、前田さんの攻めもしっかり受けてファンに分かりやすい熱い試合をするつもりでした。

前田さんに言われた通り、自分からガンガン攻めました。掌打もキックも投げも前田さんは全部、受け切ってくれました。観客が大いに沸いています。最後は胴締めスリーパー

フィジカルに優れ、どんな攻撃でも受け止める前田日明。1990年10月25日、大阪城ホールで行われた2度目の前田戦は新生UWF屈指の名勝負に。

を決められ負けましたが、清々しい気分でリングを下りることができました。

これが前田さんにとってＵＷＦ最後の試合になります。そして自分にとっては、ＵＷＦでの、もっとも納得のいく試合になりました。

前田さんが繰り出す技の一つ一つが重く、ズシリとダメージを与えてきます。右足の蹴りが強く、ヒザ蹴りはさらに破壊力がありました。

またフィジカルもシンプルに強いし、スタミナもある。

とにかく打たれ強く、どんな攻撃でも受け切ってくれました。この試合で自分は遠慮なく打撃を繰り出しました。本来ならもっとダメージを与えられるはずが、前田さんは真正面から受け止めた後に反撃してきます。前田さんには、攻めのイメージを持たれる方が多いかと思いますが、実は受けの強さが際立っているように自分は感じました。

前田さんとの2度目の試合を終えて、ＵＷＦで自分がすべき試合の方向性を、ようやく掴めたと思いました。そんな矢先、団体内の不協和音が表面化します。

経営面、金銭面で前田さんがフロントの神社長と対立。経緯はわかりませんが、エースの前田さんが出場停止になってしまったのです。

次の試合は、12月1日の長野・松本運動公園総合体育館大会でした。

前田さん不在の中、長野大会のマッチメイクをどうするかの会議を選手間で行いました。前田さんだけではなく、その場には髙田さん、山崎さんもいませんでした。

「船木さんがメインでいいんじゃないですか」

宮戸成夫（現・優光）さんがそう言って、集まっていた全員が賛成します。対戦相手は、10月の大阪城ホール大会で安生さんを破りＵＷＦ鮮烈デビューを飾ったケン・シャムロックに決まりました。

みんなが真剣に考えてくれた上での結論です。自分も異を唱えることはありませんでした。ただこの時、「メインを張れて嬉しい」といった気持ちはまったくなく、「本当にこれで大丈夫なのか」という不安でいっぱいでした。

メインエベントの試合に出たことは、それまでにも幾度かありました。でもそれは相手が前田さん、髙田さん、藤原さんだったからであり自分が主役ではなかったのです。さらに相手のシャムロックも当時は駆け出しの選手。ちょっと、いや、かなり不安でした。

ただその後に、メインエベント終了後に前田さんをリングに呼び込むことが決まります。これで少し気持ちが落ち着きました。

（シャムロックとしっかり試合をして、それで前田さんをリングに上げるところまでが自分の仕事なんだ。前田さんが来てくれるなら大丈夫だ）

そう思えて、メインでのシャムロック戦は委縮することなく闘えました。

でも結局のところ、ＵＷＦはこの長野大会を最後に消滅します。メンバー全員で新たな団体をつくることもありませんでした。

ハードだったゴッチさんとの練習

ＵＷＦ解散後、さまざまなことがあり結局は３派に分かれます。

前田さんが一人で旗揚げした「リングス」、高田さんをエースとする「ＵＷＦインターナショナル」、そして藤原さんの「プロフェッショナルレスリング藤原組」です。

身の振り方に悩みました。その末に、しがらみを避けるようにして鈴木実、冨宅祐輔（現・冨宅飛駈）とともに藤原組に加わりました。

ここでまた悩みが生じます。

前田さんとの再戦とシャムロック戦でＵＷＦにおける自分の闘い方が明確になっていたのですが、藤原組ではどう闘えばよいのか。

まず練習でゴッチさんの洗礼を受けました。

カール・ゴッチ

1924（大正13）年8月、ベルギー・ワントアープ出身。48年、ロンドン五輪にベルギー代表のレスリング選手として出場。50年にプロレスデビュー、60年代は主にカナダ、米国のリングに上がりルー・テーズが保持するNWA世界ヘビー級王座に幾度も挑戦しているが奪取はならず。ただ実力は高く評価され「無冠の帝王」と称された。61年、日本プロレスに初来日。72年に旗揚げした新日本プロレスにはブッカー及びコーチとして参加。「ゴッチ教室」を開き多くの選手を指導、「プロレスの神様」とも呼ばれ尊敬を集めた。07年7月に米国タンパで他界、享年82。

藤原組に所属した1991年、ここで〝プロレスの神様〟と呼ばれるカール・ゴッチさんから初めて練習をつけてもらうことになりました。

ゴッチさんの練習は、実践に則したものでした。つまり、すべてがガチンコです。さらに自分が一番しごかれました。この時、ゴッチさんは60代後半で直接組むことはありませんでしたが指導者として練習を仕切ります。

スクワットなどの基礎体力強化運動から始まり、その後にスパーリング。スクワットは時には2000回にまで及び、スパーリングではなぜか自分だけが、いつも選手全員を相

UWF分裂後は、プロフェッショナルレスリング藤原組に所属。シャムロックらと戦いを繰り広げた。

手にやらされ休む間もありませんでした。

「次、お前」「次、お前」という感じで闘う相手をゴッチさんが決めます。すでに数人とスパーリングをしていてヘトヘトになっている自分に誰かが向かってきます。

(ここで鈴木が来たら嫌だなぁ)

そう思っていると、ゴッチさんが鈴木を指名します。案の定、決められます。

(藤原さんと、ここではやりたくない)

すると、ゴッチさんは藤原さんを自分の相手に選ぶのです。またもや決められます。

毎日、ボロボロにされ、それは新日本プロレス入門直後の自分に戻されたような感じでした。ゴッチさんといると苦しいことしかありません。

(ビザの期限が切れて早く米国に帰ってくれないかなぁ)

ずっとそう思っていました。

ゴッチさんは試合で打撃を繰り出すことを好みませんでした。でも、自分は打撃の練習もしたかったのです。仕方なくゴッチさんが帰ってからヘトヘトになった状態で打撃の練習をする感じでした。

藤原さん、木戸さんたちはゴッチさんにとって優等生的な弟子だったと思います。でも自分は時に反抗的な態度を取り、それも見抜かれていたはず。決して良い弟子ではありませんでした。

それでも、ゴッチさんとはずっと文通をしていました。

藤原組をやめた後にパンクラスを旗揚げしますが、その名称はゴッチさんから授かったものでした。ゴッチさんは藤原組のコーチをしている時にこう言っていたのです。

「教え子たちがやっているのはパンクラスだ」

だから、パンクラスという名前を使う上でゴッチさんに許可を求めました。その際、快諾してくれたのです。そんな経緯があり、大会が終わった後にはパンクラスの試合ビデオを必ずゴッチさんに送っていました。

すると、ゴッチさんから手紙が来て、そこにはこんなふうに書かれていました。

「掌底やキックは使わなくていい。レスリングだけにしろ」

「日本人選手以外は必要ない。相撲のようなシステムを作っていけ」

そんなダメ出しをされるばかりのやり取りが、ずっと続きました。

さすがに打撃を抜きにして試合はできませんし、興行を考えれば外国人選手も不可欠でした。ゴッチさんは、闘いには真摯でしたが興行面にはまったく興味のない方でした。いつしかビデオテープも送らなくなり文通は途絶えました。

それでも、自分はゴッチさんに感謝しています。あのしごきのようなトレーニングを課してもらったことで自分の練習形態の基礎を築くことができ、試合に向かうために必要な強い心も育んでもらったように思います。

虚しかったロベルト・デュラン戦

藤原組に在籍した1991年と92年の2年間、迷いながら闘っていた時期もありましたが、熱い想いで挑めた試合も多くありました。そしてこの2年間で、プロレスラーとして強くありたいとの想いをさらに強く持つようになりました。

藤原組のリングで、自分は初めて異種格闘技戦に挑みます。2度やりました。最初の相手は「石の拳」の異名を持つ伝説のボクサー、ロベルト・デュラン。1992年4月29日、東京体育館のリングでした。

ロベルト・デュラン

1951（昭和26）年6月、パナマ出身。68年2月、16歳でプロボクサーデビュー。72年6月にケン・ブギャナンから13ラウンドKO勝利を収めWBA世界ライト級王座に就いた。同王座を12度防衛した後、80年6月にはシュガー・レイ・レナードを破りWBC世界ウェルター級のベルトも腰に巻く。その後、ＷＢＡ世界スーパーウェルター級、ＷＢＣ世界ミドル級両王座も制し「４階級制覇」を果たした。２００１（平成13）年7月のヘクター・カマチョ戦を最後に現役引退。戦績１０３勝（70ＫＯ）16敗。娘のイリシェル・デュランもプロボクサーになった。

デュランとの試合が決まった時は気合いが入りました。以前から異種格闘技戦をやってみたいと思っていましたし、相手は現役のプロボクシング元世界チャンピオンです。子どもの頃は、プロレスが好きでボクシングにさほど興味はありませんでしたが、それでもデュランの名前は知っていました。シュガー・レイ・レナード、トーマス・ハーンズ、マービン・ハグラーらとともに80年代にボクシング中量級黄金時代を築いた名選手です。デュラン戦はプロレスファンのみならず、広い層から注目されるであろうことも大きなモチベーションになりました。

ルールはボクシングに寄ったものでした。3分×10ラウンドでキックはなし。自分は相手を掴むために素手で闘うので顔面へのパンチも禁じられました。グラウンドでの攻防は7秒以内。かなり、こちらが譲歩してのルール設定でしたが納得してのものでした。（より熱い試合にしたい）。

そう考えていました。

まずは「石の拳」と呼ばれるデュランの強打を喰わぬようにせねばなりません。そのため、試合に向けてボクシングのデフェンス練習を重点的に行いました。前述した通り、元日本バンタム級チャンピオンの小林智明さんからコーチを受けており日々、角海老宝石ジムに入り浸ります。同ジム所属で当時、日本ミドル級チャンピオンだったビリー・マーチンさんにもスパーリングパートナーになってもらいました。

自分はやれるだけのことをやり試合に挑みました。

でも残念なことに、試合は自分が求めていたようなスリリングなものにはならなかったのです。

対戦発表記者会見の時、デュランは言いました。

「ここから激しいトレーニングをし、カラダも絞って万全のコンディションで当日はリングに上がる」

その約束は守られず。

リングに上がった時、対角線上に立つデュランは腹部が出っ張った中年のおじさんにしか見えませんでした。開始のゴングが鳴った後も、動きはスローで自分にパンチが届きません。最初は強打を警戒していたのですが、１ラウンドの途中で勝利を確信、３ラウンド

1分過ぎにアームロックを決めて試合を終えます。

初めての異種格闘技戦で勝利したのに嬉しくありませんでした。むしろ、恥ずかしい気持ちにすらなりました。お客さんに手に汗握らせる激闘を見せられなかった——。

自分にとって、異種格闘技戦と言えば86年10月、東京・両国国技館での前田さんとドン・ナカヤ・ニールセンの試合です。館内が大熱狂、あの試合で前田さんは「格闘王」と呼ばれるようになり一気にステップアップしました。

でも、自分とデュランの試合はそうではなく、客席から失笑が漏れるような感じに。試合後は虚脱感に見舞われました。

モーリス・スミスとの激闘

デュラン戦から半年後に2度目の異種格闘技戦を行いました。

この時は、さらに緊張したように思います。

10月4日、東京ドームでの『プロフェッショナルレスリング藤原組1周年記念大会』。相手は約2年前、UWF時代に闘うはずだったキックボクシング・ヘビー級最強の男、モーリス・スミスでした。

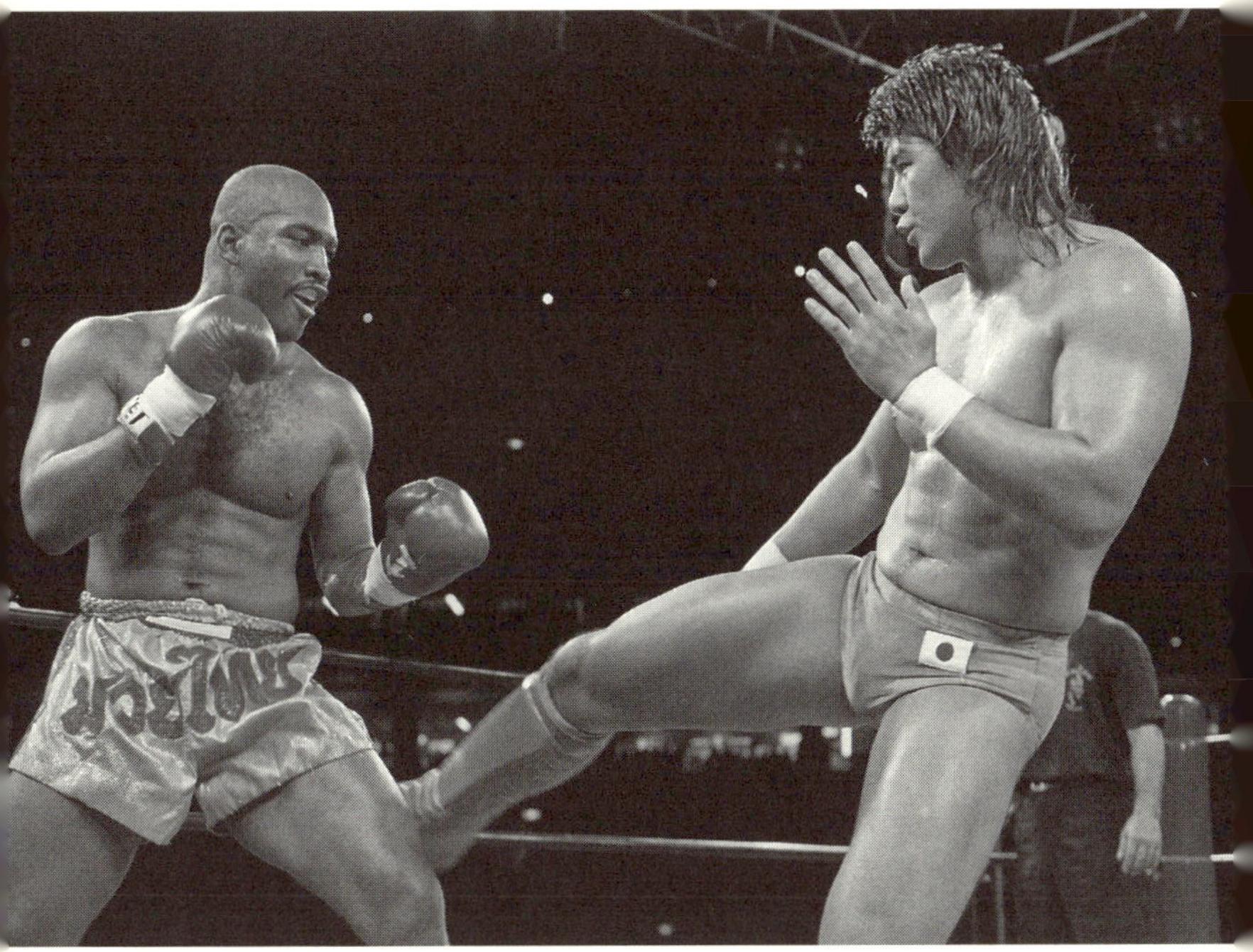

1992年10月4日・東京ドーム大会のメインで、モーリス・スミスと異種格闘技戦で激突。

モーリス・スミス

1961（昭和36）年12月、米国ワシントン州シアトル出身。82年、21歳でキックボクシングプロデビュー。僅か1年ほどのキャリアで83年8月にトラビス・エベレットを破りWKA世界ヘビー級王座を獲得した。以降、90年代前半までタイトルを保持し続けた。93（平成5）年4月には「第1回K-1グランプリ」に参戦。その後、総合格闘家に転向し97年7月にはUFCに参戦しマーク・コールマンに勝利、第2代ヘビー級王者となった。日本では全日本キックボクシング、UWF、パンクラス、リングス、PRIDE、戦極などでも活躍した。2017年にUFC殿堂入り。

結果は、引き分けでしたが大苦戦。内容的には自分が負けていました。闘いながら、モーリスの身体能力の高さに驚かされたことを、よく憶えています。彼とは身長、体重ともに同じくらいでしたが、パンチを浴びダウンも喫し圧倒されました。

動きが速くて身のこなしが柔らかい。さらに力強いパンチがグーンと伸びてきます。自分は、それを喰らわないようにすることに必死でした。タックルを仕掛けて持ち上げようとしましたが、重さと対応されたことで、それもできません。

おそらく2年前に闘っていたら、鈴木実と同じように自分も倒されていたでしょう。その後の上積みで何とか5分×3ラウンドを闘い抜きましたが、現状の自分の実力を思い知らされました。

(もっと上を目指さないとダメだ)

そう痛感しました。

同じ大会で、ライバル関係にあったケン・シャムロックはドン・ナカヤ・ニールセンと試合をしました。シャムロックは早々にテイクダウンを決め僅か45秒、腕固めを決めて完勝。アッサリと自分の土俵に相手を引きずり込みました。対して自分はキックボクサーを相手にキックボクシングをやってしまった。つまり相手に試合を支配されてしまったのです。対戦相手が逆だったらどうなっていたかは分からないとはいえ、シャムロックに差をつけられてしまったようにも感じました。

モーリス・スミスとは、その約1年後に再戦することになります。

1993年11月27日、東京ベイNKホールでの『全日本キックボクシング連盟』興行でした。パンクラスを旗揚げした約2カ月後のことです。

この時、コンディションは決してよくありませんでした。というのも、その19日前にオランダのキックボクサー、キース・ベイゼムスと試合をした際にろっ骨を傷めてしまっていたからです。それでも1年前の自分とは違いました。肉体改造をしたことで、フィジカルの強さが格段に上がり技術的にも成長していたと思います。

実際、スミスの動きがよく見えて、それに反応できました。キックも見えましたし、右ストレートを合わせようとして待っているのもわかりました。

それでも1ラウンドにダウンを喫しました。ローキックに合わす形での右ストレートを浴びてしまったのです。人生の中で最強のパンチでした。

（しまった）

そう思い焦りましたが、立ち上がれました。そこからは必死でありながらも冷静に闘えたと思います。

前回は、スミスの求める打撃の攻防に付き合ってしまい、試合を支配されました。それを繰り返してはいけない――。その後、テイクダウンに成功、背後に回ってチョークスリーパーを決め勝つことができました。

この試合の前には、恐怖感を抱きました。

後にUFCヘビー級王者になったことからもわかるように、スミスは破壊力と高い身体能力を持ち合わせたアスリートファイターです。その実力は脅威でした。

ただ、恐怖を感じたのは、その部分ではありません。

（もし自分が負けるようなことになれば、パンクラスの今後が危うくなる）

そのことが怖かったのです。

喜びよりも勝てたことにホッとし、控室に戻ると自然に涙が溢れてきたほどでした。

この試合のリングサイドには、前田さんの姿がありました。ＵＷＦ解散以降、前田さんと会うことも連絡をとることもなかったのですが、試合後にこう話されたそうです。

「今日の船木の試合を観て、ＵＷＦを解散してしまったことを初めて後悔した」

あの時の自分は過去を振り返るつもりはありませんでしたが、その前田さんの言葉を伝え聞き素直に嬉しく思いました。

第四章 パンクラス編

Chapter 4 PANCRASE

完全実力主義! パンクラスを旗揚げ

藤原組を退団しパンクラスの旗揚げを決意した際には、さまざまなことを考えました。自分がエースでイベントは盛り上がり、成立するのだろうか? 「リングス」は前田さんがトップ、「UWFインターナショナル」は高田さんが率いていて、「藤原組」は藤原さん。そこに対抗できるのか不安でした。

いかなる試合スタイルにすれば良いのか? これまでと同じようなUWFスタイル、あるいは従来のプロレスを見せてもファンのニーズに応えられないように思いました。

そこで自分は、2つのことを考えました。

まず最初に考えたのは、団体の指針を完全実力主義にすること。

パンクラスの旗揚げを前にして、もっとも思い悩んだのは試合の路線です。何をやればファンに受け入れられる団体になるのかを必死に考えました。知名度で劣る自分たちが他団体と同じことをしていたなら、おそらくファンは振り向いてはくれません。

そして導き出した結論が、プロレスをリアルファイト化させることでした。これは、それほど難しいことではありません。自分が新日本プロレス時代に「藤原教室」でやっていたスパーリングをそのままリングでやればいいのです。そこに打撃の攻防も加わりますから見栄えのある闘いもできるのではないかと考えました。攻撃のみのプロレスです。

UWF時代に、自分は前田さんにその話をしたことがありました。

その時に前田さんは言いました。

「わかった。あと5年待ってくれ」と。

UWFは、その5年を待たずして解散してしまいます。あの時の自分の思いを遂げたい気持ちもあったのです。

そして次に考えたのは、肉体改造です。

完全実力主義の試合では、相手の技を敢えて受ける必要はありませんから選手に求められる肉体も変わってきます。攻撃に徹するための動けるカラダを選手個々がつくる必要がありました。

切っ掛けは藤原組を退団した1991年12月に、アメリカンフットボールの特集番組を衛星放送で観たことでした。そこで選手の普段の食事、トレーニングのやり方が紹介されていたのです。フットボールの選手はユニフォームを脱ぐと、均整がとれている上に筋肉質な美しいカラダをしていました。体重はプロレスラー並み、それでいて動きは機敏です。（自分もカラダを変える必要があるのではないか）

そんな風に思いました。

年が明けて93年の2月に、米国サクラメントに行きました。ウェイン・シャムロックと、パンクラス出場に関する契約の話をするためです。

その時も、ずっとフットボーラーたちの肉体のことが頭の中にありました。しかし当時の自分は、肉体をつくるための「食」の知識がほとんどなく、カラダつきは体質によって決まるもの、シャムロックもアメリカ人だから凄く見栄えのするカラダをしているのだと思っていたのです。

シャムロックもハイスクール時代はフットボーラーでした。だから、彼の自宅に行った時に尋ねました。

「日々、どんな食生活をしているのか？」と。

するとシャムロックは、自らの食事メニューをスラスラと紙に書いてくれました。

朝は卵とハム、昼と夜には、チキンと魚のメニューが並んでいました。タンパク質中心のもので、それは12月に観た番組で紹介されていたものとほぼ同じでした。

またその時に、サプリメントについても学びました。アミノ酸をどのタイミングで摂取するのが効果的なのか、食とトレーニングをいかに組み合わせるべきなのか等々。

知識を得て以降、食に対してストイックになっていきました。そして、その効果が確実に肉体に表れてきます。体脂肪率がドンドンと下がっていき、筋肉が引き立つカラダに変化していきました。それは視覚的なカッコ良さだけにとどまりません。

動きのスピードが驚くほどにアップし、反応能力が格段に良くなりました。

肉体改造をほぼ終えたところで、合同練習のときにカラダをパンクラスの仲間たちに公開しました。

鈴木みのる、高橋義生、冨宅祐輔、柳沢龍志、稲垣克臣らがパンクラス旗揚げに向けて集まったメンバーでした。彼らは一様に自分の肉体の変化に驚いていました。その際に自分がやってきたことを伝え、皆も肉体改造に着手します。

こうして肉体美を備えたレスラー集団をつくりました。自分をはじめ選手全員のカラダが藤原組時代とは大きく変わったことに、パンクラス旗揚げ戦でファンの方は驚いたと思います。

秒殺の連続…衝撃の旗揚げ戦

パンクラスは完全実力主義で行く。

そのことを伝えた時に、大いに喜んでくれたのがシャムロックでした。

米国サクラメントにあるシャムロックが主宰するジム、ライオンズ・デンを訪ねた際に近くのバーで、そのことを伝えました。

するとシャムロックは、こう言いました。

「素晴らしい。俺もそのスタイルでやりたい。でも本当にそれが可能なのか？」

「やる！」と答えると、瞳を輝かせながら握手を求めてきました。

ウェイン・シャムロック

1964（昭和39）年2月、米国ジョージア州出身。学生時代はアメリカンフットボールの選手として活躍し、89（平成元）年にプロレスデビュー。90年代に入ると日本を主戦場としUWF、藤原組、パンクラスのリングで活躍した。93年からは『UFC』にも挑みホイス・グレイシーと2度対戦。94年に「初代無差別級キング・オブ・パンクラシスト」となり、

97年には『WWF（現WWE）』にも参戦した。2000年代に入ると『PRIDE』にも登場し、藤田和之、桜庭和志らとも闘っている。03年、UFC殿堂入り。息子のライアン・シャムロックも07年に総合格闘家デビューを果たした。

シャムロックとの出会いは1990年、「第2次UWF」の末期です。

この年の10月、大阪城ホール大会で安生さんに勝利した後、「第2次UWF」最終戦となる12月の長野・松本大会で自分と初めて試合をしました。

この時は、まだ粗削りな選手でした。

フィジカルが強く打撃ができ、レスリングには秀でたものがありましたが、まだ関節技を知りません。グラウンドの展開に持ち込んだなら仕留めるのは容易だったのです。

実はシャムロックは89年に来日し全日本プロレスに参戦していました。まだキャリアが浅かったことと全日本プロレスのスタイルに上手く馴染めず、評価が低かったようです。

でもUWFとの出会いで甦り、藤原組にも参戦。ここで自分と3度試合をしています。

91年夏、札幌中島体育センター大会では自分がKO負けを喫しました。翌92年1月、横浜文化体育館では30分フルタイムドロー、そして同年2月の後楽園ホール大会で40分に渡る長期戦の末に三角絞めを決めて勝利しています。好敵手でした。

シャムロックは、向上心を強く持つ男でした。

藤原組参戦時には、弱点を補うべく日本に2カ月ほど滞在し道場での練習に加わり関節技を必死になって習得していたのです。本当にやりたいのはガチンコの試合だが、生計を立てていくためにはプロレスのリングにも上がる。そんなスタンスだったように思います。

1993年9月21日、東京ベイNKホールでのパンクラス旗揚げ戦のメインエベントでシャムロックと闘いました。

この日は、自分の試合はもちろん大切なのですが、大会自体が成功するかどうかが気がかりでした。ここで、まさかの事態が起こります。完全実力主義としたことで、第1試合から第3試合までが、こうなりました。

▼第1試合、30分1本勝負
○鈴木みのる（スリーパーホールド、3分25秒）稲垣克臣●
▼第2試合、30分1本勝負
○バス・ルッテン（KO、43秒）柳沢龍志●
▼第3試合、30分1本勝負
○冨宅祐輔（腕ひしぎ十字固め、1分19秒）ヴァーノン〝タイガー〟ホワイト●

パンクラス旗揚げ戦、試合前のセレモニーで挨拶。この後、秒殺連発の斬新な試合スタイルに観客は衝撃を受けた。

全部で5試合しかないのに、大会開始から20分足らずで半分以上の試合が終わってしまったのです。

尾崎允実社長が「短すぎる」と自分に言いに来て、そこで相談し少し長い休憩時間を入れました。

だが、セミファイナルでも高橋義生がジョージ・ワイングロフに僅か1分23秒でKO勝利してしまいます。

いよいよ自分の出番です。

大会の準備で自分のコンディションはあまりよくありませんでした。それでも、やる気満々で向かってくるシャムロックに勝てる自信はありました。グラウンドの攻防にさえ持ち込めば足関節を決められる、そうイメージしていたのです。ただ、これまでの試合の時間が短すぎたので10分以上は試合をして場内を沸かせたいとも考えていました。

でも、この時のシャムロックは以前とは別人でした。最初に蹴りを入れられた時に面食らいました、あまりにも強烈だったのです。グラウンドの展開に持ち込めば何とかなると思っていたのが逆に肩固めを完全に決められてしまい負けました。

控室に戻った後は複雑な精神状態に陥りました。ロープも遠く逃げられず負けた「悔しさ」と、大会自体がこれで良かったのかどうかの「不安」な気持ちと、再びリングに戻れた「嬉しさ」が交錯していたのです。

後日、パンクラスの旗揚げ戦に関しては「秒殺」とのワードが用いられ『週刊プロレス』等でセンセーショナルに報じられました。旗揚げ戦を自分の勝利で飾るはずのところシャムロックに負けた悔しさは数日の間残りましたが、完全実力主義を打ち出した大会がファンに好意的に受け入れられたことにはホッとした気持ちにもなっていました。

第1回UFC開催！　グレイシー柔術登場

1993年は、格闘技界にとって激動の年でした。

4月に東京・国立代々木競技場第一体育館で『K-1グランプリ』がスタートします。そしてパンクラスが旗揚げした2カ月後に米国デンバーで第1回の『ジ・アルティメット・ファイティングチャンピオンシップ（UFC）』が開催されたのです。

この大会にシャムロックが出場することになりました。

金網に囲われたマットの中で何でもありのリアルファイトのトーナメントを行うと聞かされましたが、実際のところ何なのかよくわかりません。

第1回UFCが開かれた日の直前には、神戸ワールド記念ホールでパンクラスの大会があり自分はメインエベントでキース・ベイゼムスと試合、その19日後に全日本キックボクシング連盟の大会でモーリス・スミスとの再戦が決まっていました。本当ならデンバーに飛んでセコンドにつきたかったのですが、それもできません。代わりに冨宅が現地に行きました。

（一体、どんな大会が開かれるのだろう？　でもシャムロックほどの実力があれば優勝するはずだ）

そんな風に思っていました。

自分たちはパンクラスの事務所にいて、そこに冨宅から国際電話で連絡が入ります。

「1回戦、黒人のキックボクサー（パトリック・スミス）にヒール（ホールド）で勝ちました！　次（準決勝）の相手はカラダが小さくて細い道衣を着た男です。柔術の使い手みたいです」

柔術？　合気道みたいな感じ？

相手が何者なのかよくわからなかったのですが、シャムロックが楽勝するだろうと気楽に考えていました。ところが、次にかかってきた冨宅からの電話で驚かされます。

「首を絞められて負けました、1分くらいで」

「えっ、シャムロックが負けたのか。じゃあ、誰が優勝したんだ？」

「その柔術の男です。決勝で（ジェラルド・）ゴルドーの首を絞めました」

少しの時間、部屋の中が静まり返りました。

一体、デンバーで何が起こっているのか——。

その後に、シャムロックと電話で話します。彼は言いました。

「俺が負けたのは、まぐれだ。俺がミスをしたから負けた」

でも、決勝でもゴルドーに勝っています。多分、まぐれなんかじゃないだろうと思いました。

数日後、『格闘技通信』誌の記者の方から大会のビデオテープを借りて観ました。

柔術の男とは、ホイス・グレイシー。参加8選手中最軽量でほっそりとしています。外見からは強さが感じられません、だが試合を観るとその技術は衝撃的でした。

いかにも暴力的にパンチを振り回してくる相手をグラウンドに引き込み、背後からチョークスリーパーをアッサリと決めていきます。3試合を合わせての試合時間は5分足らずでした。

これが、グレイシー柔術との初遭遇です。

避けては通れない巨大な壁が現れたように感じました。

同志であり、ライバルだったウェイン・シャムロック

シャムロックは、ホイスとの再戦を求めていました。そして『UFC』の第3回大会のトーナメントに出場することを決めます。絶対にシャムロックを勝たせたいと思いました。94年9月、第3回UFCが開かれる米国ノースカロライナ州シャーロットへ自分も向かいました。シャムロックのトレーナーとして、ともに作戦を練りセコンドにつくためです。

試合前の練習の段階で、シャムロックは殺気立っていました。

何人かのスパーリングパートナーが準備されていたのですが、全員が壊されます。シャムロックが、スタンドでもグラウンドでも目いっぱい殴りつけてしまうからでした。一人倒され、また一人倒され、ついには誰もいなくなり仕方なく自分がスパーリングの相手をすることになります。

自分に対してもシャムロックは、容赦なく向かってきました。グラウンドの展開になりガードポジションを取った際にも、上からボンボンボンとパンチを荒々しく叩き込んできます。もはや練習ではなく実戦。このままだと危ないと察した自分は無意識のうちに体勢を変え、シャムロックの足を取りヒールホールドを決めにいってしまいました。そこ

から無理に脱出しようとしたシャムロックがヒザを傷めてしまいます。決戦3日前のことでした。

大変なことをしてしまった、と焦りました。

ホイス・グレイシーを倒すためにサポートするはずが、シャムロックを欠場に追い込んでしまった、と。

でも、彼は気丈に言いました。

「大丈夫だ、俺はトーナメントに出る！」

実際に当日、シャムロックは麻酔を打ってオクタゴンに入りました。ヒザを傷めながらも1回戦をグラウンドパンチ、2回戦（準決勝）をチョークスリーパーで勝利します。

いよいよ決勝でホイスと再戦ができるところまで辿り着きました。でも、シャムロックのカラダはもう限界、麻酔が切れて痛みに必死に耐えています。

そんな時、思わぬ状況が生じました。

第1回、第2回UFCのトーナメントで優勝していたホイスが1回戦でキモに大苦戦、アームロックを決め何とか勝利したもののダメージが大きく準決勝を棄権したのです。それを知らされたシャムロックは、ここで闘いをやめました。

当時、彼はホイス・グレイシーにリベンジすることだけを考えていたのです。

第1回UFCの後には、こんな話をしたこともありました。

「グレイシー兄弟をパンクラスに呼んで、俺たちと対抗戦をやろう」

シャムロックが、そう言い出したのです。

目の前にグレイシー兄弟の写真が表紙の格闘技専門誌がありました。

「俺はホイスとやる。フナキは誰と闘いたい？」

シャムロックはそう言いながら、ホイスの顔を指さします。自分は、まだホイス以外のグレイシー兄弟をよく知らなかったのですが、目の輝きが鋭く強そうに見えたポニーテールの男が気になりました。

「じゃあ俺は、この男と闘うよ」

そう言って指さしたのがヒクソンでした。

当時、UFCを主戦場にしていたホイスはじめグレイシー兄弟をパンクラスのリングに招聘することは現実的ではありません。彼らと闘うにはUFCの舞台に出ていくしかない。

そして、シャムロックがホイス・グレイシーと再戦する機会は翌95年の4月7日に訪れます。米国ノースカロライナ州シャーロットで開かれたUFCの第5回大会のスーパーファイト（ワンマッチ）でした。

最も思い入れの深い外国人選手ウェイン・シャムロック。1994年に開催された「初代キング・オブ・パンクラス王座決定トーナメント」で優勝したシャムロックを、山田学、鈴木みのる、冨宅祐輔らと囲んで記念撮影。

この5回大会からUFCに一つの変化が生じます。それまで試合はすべて時間無制限で行われていたのですが、タイムリミットが設けられたのです。理由はわかりませんでしたが、シャムロックとホイスの試合は30分1本勝負。そこで決着がつかなかった場合は、3分×2ラウンドの延長戦が行われる設定でした。判定はなくフルに闘い抜いた時はドローとなります。

試合前にシャムロックと一緒に作戦を立てました。

スタンドでは殴りにいく。グラウンドで上の状態になったなら体勢をキープし、できるだけ動かず関節技を仕掛けられる隙を作らずに殴りにいくというものでした。試合は作戦通りの展開になります。結果はフルタイムドローになりますが、もし判定があればシャムロックが勝っていたように思いました。

シャムロックは自分にとって仲間であり、またライバルでもありました。

パンクラスでは彼と旗揚げ戦での対峙を含め3度、試合をしています。戦績は1勝2敗。フィジカルもメンタルも強固、荒々しく迫ってくるタイプで、また成長が著しく自分も常に刺激をもらっていました。プロレス、格闘技キャリアにおいて、もっとも思い入れが深い外国人選手は間違いなくシャムロックです。彼がいてくれたからこそ、パンクラスのリングは熱く彩られたと思っています。

ちなみにシャムロックとホイスは、2016年2月、米国の格闘技団体『Bellator（ベラトール）』で3度目の対決を行っています。両者ともに全盛期を過ぎていましたが、この試合ではシャムロックがKOで敗れています。また、シャムロックとはFacebookでつながっており、いまでも友人関係は続いています。

完全実力主義のスタイルを喜んだ高橋義生

話は戻りますがパンクラス旗揚げ前、「完全実力主義でやろう」と話した時にシャムロックとともに凄く喜んだのが高橋義生でした。

一緒に藤原組を離れ、パンクラス所属となった鈴木みのる、高橋義生と自分は同じ1969年生まれの同級生。さらに高橋とは生年月日、血液型まで同じです。

そんな高橋と出会ったのは、藤原組時代でした。

高橋義生（たかはし・よしき）／本名・高橋和生（たかはし・かずお）
1969（昭和44）年3月、千葉県市川市出身。八千代松蔭高校時代に「第41回国民体育大会」レスリング・少年フリースタイル81キロ級で優勝。日本大学進学後もレスリング部で活躍し、卒業後にプロフェッショナルレスリング藤原組に入門。92（平成4）年2月、後楽園ホールでのバート・ベイル戦でデビューし、93年からはパンクラスに所属。2001年には初代ヘビー級キング・オブ・パンクラシストに輝いた。UFC、PRIDE、戦極など総合格闘技メジャー団体でも試合を行っている。13年9月、現役を引退。2017年7月に復帰戦を行う。現在は、ファイティスジムMSCでトレーナーとして活動中。

いまは随分と変わりましたが、かつてプロレス界は完全な縦社会でした。先輩後輩は、年齢ではなく入門した順番に準じます。よって大学卒業後に藤原組に入門してきた高橋は、同じ歳であっても、自分、そして鈴木の後輩となります。

そのことは理解しながらも、大学時代にレスリングでチャンピオンにもなった選手でしたから気持ち的にはきついものがあったと思います。高橋は自分や鈴木に追いつきたい、でもそれは簡単ではない。実力もそうですが、たとえ道場でのスパーリングで互角に闘えるようになったとしても、その先に「格」が存在します。ここが競技とプロレスの違うところで、まだ無名な選手と実績を重ね知名度のある選手の間の差が簡単には埋まりません。

そのジレンマに高橋は苦しんでいたように思いました。

藤原組時代に高橋とは2度試合をしましたが、印象深いのは初対決です。

1991年10月17日、後楽園ホール大会。

この試合の前に高橋に言いました。

「今日は、格は関係ない。どっちが勝っても負けてもいいから思いっきり試合をしよう」

高橋はレスリング技術には長けていて、組みの攻防では強さを発揮します。でも当時はまだ打撃とグラウンドでの関節の取り合いに難がありました。6分過ぎにアキレス腱固めを決めて自分が勝利します。負けはしたものの思いっきり闘えたことを高橋は喜んでいました。

そんな彼にとってパンクラスの「完全実力主義」は、願っていた闘い方だったと思います。旗揚げ戦のメインで自分はシャムロックに負け、セミファイナルに出場した高橋はジョージ・ワイングロフからKO勝ちを収めました。よってパンクラス2大会目（1993年10月14日、愛知・露橋スポーツセンター）にはメインに抜擢、シャムロック戦を組みます。この試合はヒールホールドを決められ敗れますが、その後も高いモチベーションを保っていました。

パンクラスのリングでも、自分と一度だけ対戦しています。

93年12月8日、博多スターレーン大会。

自分はこの時、コンディションは最悪でした。11月8日の神戸大会でキース・ベイゼムスと試合をした際に脇腹を負傷。19日後の27日に東京ベイNKホールでモーリス・スミスと闘いました。それからの試合間隔は11日しかなく、脇腹も痛いまま。道場での練習中にも痛さのあまりに蹲《うずくま》ってしまうような状態でした。

同じ場所で高橋も練習していましたから、それに気づかぬはずがありません。

「倒すチャンスだ」と思ったか「やり辛いな」と感じていたのか。おそらく高橋の心中には、その両方があったことでしょう。

試合の前に福岡の会場で高橋は泣きながら冨宅に、こう話したそうです。

「今日は船木さんのアバラを狙います。勝負なんで」

それを冨宅から聞かされた時、気持ちにスイッチが入りました。

一緒に練習をしている仲間とリング上で闘うことには正直、やり辛さが伴います。相手が負傷しているのを知っていればなおさらです。でも、そこを「勝負なんで」と非情になり高橋は向かってきてくれる。ならば自分も、今出来ることを全力でやり遂げようという気持ちになれたのです。アバラに麻酔を打って試合に臨みました。

試合は睨み合いから始まりました。高橋は全力で向かってきます。グラウンドの攻防で押さえつけにきた際には、それまでに感じたことがなかった力強さがありました。ただ、この場面で高橋は力を使い切ったのかスタンドに戻った際には、勢いが薄れます。アバラに蹴りを見舞ってきましたが、それを腕でガードし直後に高橋に顔面にストレート掌打を見舞いました。

ここで効かせ、続けざまにヒザ蹴りを連打、最後は顔面にヒザを落としトドメを刺しました。3分9秒、レフェリーストップでの勝利。

それでもこの後、高橋は急成長していきます。

高橋はパンクラスでの試合だけではなく、打撃を磨くために翌94年1月にはグローブ空手の大会『第3回トーワ杯カラテトーナメント選手権大会』にも出場しました。

キャリアを積む中で高橋は、さらに高みを目指すようになります。シャムロックから刺激を受けた部分もあったのでしょう。UFCへの参戦を決意したのです。

96年末の忘年会で高橋は、こう言いました。

「来年、UFCに挑みます。柔術家相手にタックルを切って寝技に持ち込ませずにボクシングで殴り倒すスタイルで勝ちます。船木さん、練習相手をお願いします」

以降、道場で毎日一緒に練習し、高橋は自らが目指すスタイルを完成形に近づけていきました。

そして97年2月、米国アラバマ州ドーサンで開かれた第12回UFCに出場。ブラジリアン柔術家ヴァリッジ・イズマイウを気迫溢れる攻撃で圧倒、3-0の判定で勝利します。

ＵＦＣでの勝利、これは日本人初の快挙でした。

格闘技志向の強かった高橋は、パンクラスの方向性にも大きな影響を与えたと思います。自分が２０００年にヒクソン・グレイシーと闘った際には、試合に向けてトレーナーとして帯同してもくれました。自分がパンクラスを離れた後は会う機会は減りましたが、彼と共有した時間はかけがえのないものでした。

高橋が、よくこんなふうに言っていたのを思い出します。

「船木さんとは同じ歳で、生年月日と血液型まで一緒なのに性格も歩んできた人生もまったく違いますよね。占いなんてあてにならないってことですよ」

キース・ベーゼムスとの不穏試合

パンクラス旗揚げから3戦目、１９９３年11月8日、神戸ワールド記念ホール大会では〝不穏試合〟も経験しました。この大会のメインエベントで自分が闘うはずだったバス・ルッテンが拳を負傷したために欠場。代役としてオランダのキックボクサー、キース・ベーゼムスと試合をすることになったのですが、この男がクセ者でした。

キース・ベーゼムス
1965（昭和40）年6月、オランダ・ブレダ出身。188センチ、92キロ、キックボクシングのオランダ南部ヘビー級王者。船木誠勝と試合をするまでのキックボクシング戦績は25勝（8KO）4敗7分け。98年2月にはアムステルダムで開かれた「リングス・オランダ大会」にも出場している。

試合当日のことです。

自分がいた日本人控室に、厳しい表情でシャムロックが入ってきました。そして、言うのです。

「オランダのキックボクサーが『フナキをパンチでKOする』と言っているぞ。気をつけろ」

自分は、即座に答えました。

「パンチ？　オープンハンド（掌打）なら問題ない」

「いや、違うんだ」

そう口にしてシャムロックが続けます。

「反則だと知った上で、フナキをベアナックルで殴りつけようとしているんだ。奴はグラウンドテクニックを持っていない。だからテイクダウンされる前に、反則負け覚悟でパンチを見舞ってくるぞ！」

どうやらシャムロックは外国人控室で本人がそう話しているのを聞いたようでした。自分との関係性から、それを黙っているわけにもいかず教えに来てくれたのです。

この話を聞いて一気に戦闘モードに入りました。

相手の反則パンチは十分に警戒しなければならない。それでも万が一、顔面にパンチを喰らいKOされてしまう事態になったらパンクラスの所属選手がリングに入って、みんなでベーゼムスをボコボコにする。そんな話にまでなりました。

実際、試合でベーゼムスは反則である拳でのパンチを見舞ってきました。

最初に自分がタックルに入った時、そこに合わせて右拳で顔面を狙ってきました。

（本当にやってくるのか）

そのパンチは辛うじてかわしましたが、事前にシャムロックが教えてくれていなかったら貰っていたかもしれません。この後も明らかに顔面狙いのパンチ、ヒジ打ちをしてきました。試合途中にレフェリーの廣戸聡一さんが「顔面へのパンチ、ヒジ打ちは禁止だ！」と注意しているのですが、ベーゼムスは「何のこと？」と言わんばかりの太々しい表情を見せていました。

次も顔面に拳を合わせようとしているのは明らかです。それでも、すでにベーゼムスのパンチの軌道は読めていました。難なくタックルを決めリング中央でアームロックの体勢に入りました。グラウンドの展開になれば彼は何もできません。腕を決めるとベーゼムスはタップしましたが、自分はすぐには技を緩めませんでした。骨を折るまではしませんでしたが、反則パンチに対する怒りが、そうさせたのだと思います。

試合時間は僅か102秒でしたが緊迫感のある闘いで、それは観客席にも伝わっていたと思います。

試合後に外国人控室に行き、ベーゼムスを問い質しました。

「反則をするつもりでリングに上がっただろう！　そんなことは許されない」と。

最初、ベーゼムス陣営は否定していましたが映像を見返せば明らかなことです。すぐに反則の顔面パンチを狙っていたことを認めました。

「グラウンドに持ち込まれたら勝てないから、その前に何とかしたいと思った」

そう素直に話したので、それ以上の追及はしませんでした。

ルッテンの欠場により急遽の参戦決定、準備が整わぬ中でもベーゼムスは、どうしても負けたくなかったのでしょう。許すことにしましたが、以降、彼をパンクラスのリングに上げることはしませんでした。

タイトルを争った思い出深き後輩・近藤有己

パンクラスが活動を続ける中で入門し新弟子となり、デビューした選手は幾人もいます。その中でもっともインパクトが強かったのは近藤有己でしょうか。パンクラス旗揚げ3年目になる1994年に入門してきました。

近藤有己（こんどう・ゆうき）

1975年（昭和50）年7月、新潟県長岡市出身。本名は近藤有（こんどう・たもつ）。少林寺拳法を6年間学んだ後にパンクラスに入門し、96（平成8）年1月、横浜文化体育館でのデビュー戦で伊藤崇文から勝利を収める。同年6月には鈴木みのるにも勝利し、7月の『ネオブラッド・トーナメント』ではセーム・シュルト、ピート・ウィリアムスらを破って優勝。9月にはフランク・シャムロックにもKO勝ちし飛躍を遂げる。2000年、東京ドーム『コロシアム2000』ではサウロ・ヒベイロを僅か22秒で葬った。UFC、PRIDE、戦極などの総合格闘技ビッグイベントにも参戦している。元パンクラス3階級制覇王者。座右の銘は「不動心」。

近藤が入門してきた翌年、95年のパンクラス忘年会で、こんなことがありました。

「お前は、誰のファンだったの？」

誰かが練習生たちに、そう質問したのです。

その時に近藤は、こう答えました。

「船木さんです」

ビックリしました。それまで、そんな素振りがまったくなかったからです。ちょっと嬉しくなり近藤に自分のグリーンのレガースをプレゼントしました。翌96年1月のデビュー戦で彼が着用していたのが、そのレガースです。

入門当初は肩の脱臼癖があるなど怪我も多かった近藤のデビューは大幅に遅れました。でもデビューすると、いきなり強さを発揮します。鈴木みのる、セーム・シュルト、フランク・シャムロックらを破り、引き分けを挟んで7連勝しました。

そんな近藤とは3度試合をし、2勝1敗。勝って、負けて、勝ちました。

忘れ難いのは、やはり負けた試合です。

97年4月27日、東京ベイＮＫホール大会で当時パンクラス王者だった自分は、近藤の挑戦を受けますが、その約1カ月前に、こんな出来事がありました。

3月22日、名古屋・露橋スポーツセンター大会のメインエベント終了後のことです。この日、メインでポール・レイゼンビーに勝利した直後に近藤をリングに呼び入れました。そしてマイクを持って、こう言ったのです。

「来月の俺たちの試合、絶対にお前勝てよ!」

近藤は「はい」と短く答えました。

「皆さん、いま近藤は自分に勝つと言いました。もしも負けたら近藤は嘘つきになります」

ちょっと意地悪な言葉を発しましたが、次のタイトルマッチを盛り上げるためにやったことでした。当時、近藤の知名度は高くはありませんでしたし「船木が勝って当然」と見られていたマッチメイクだったからです。

実際、自分も「近藤には、1度目の試合以上には善戦して欲しい」と考えていたくらいで、まさかあんな結末になるとは思っていませんでした。

試合も余裕を持って進めていました。グラウンドで足首を取れば勝てると考えていましたし、その場面も訪れました。

(よし、ここで決めるぞ!)

そう思い決めに入ると、バリバリ音が鳴り感触もあったのですが、近藤がいつも以上に我慢をしてなかなかタップをしません。幾度かロープエスケイプを許してしまいました。

その時に近藤の弱点である首に狙いを変えてもよかったのですが、疲れのせいか少し消極的になってしまいます。このまま時間切れになってもロストポイント数で優位だから勝てるとも考えていました。

その直後、不意に腕を取られます。油断から生じたミスでした。

（いけない！）

慌ててエスケープしようとしたのですがロープまでの距離が遠く逃れられず、腕ひしぎ十字固めを完全に決められたところでギブアップしてしまいました。

（やってしまった）

悔やみましたが、後の祭りです。油断と消極的な気持ちを生じさせてしまったための敗北でした。そして近藤は「嘘つき」にはならなかったのです。

この直後から自分は、近藤を突き放しました。

それまではともにトレーニングを積み、よくスパーリングもして技術的なアドバイスもしていましたが、それも一切やめました。自分の態度の変化に近藤は戸惑ったと思います。でもチャンピオンになったからには一本立ちしなければなりません。試練を与えたつもりでした。

自分に勝ったことで自信を得たのでしょう。その後、近藤はジェーソン・デルーシアにアンクルホールドを決めて勝利し王座を防衛、高橋義生にも一本勝ちしました。

そして97年12月2日、横浜文化体育館大会で約7カ月ぶりに今度は自分が挑戦者として近藤と闘います。3度目の対戦――。

この時は、最初から全力で潰しにいきました。遊びはなしです。三角締めの体勢からアームロックを決め僅か140秒で勝利しました。

その翌年になると、自分はヒクソン・グレイシーとの闘いを意識し始めます。その際、パンクラスにパンクラチオン・ルール（バーリ・トゥードに近い闘い）の試合を導入することになるのですが、そこに近藤は引き込みませんでした。この時は突き放したわけではありません、近藤にはパンクラス本体を守って欲しいと思ったのです。

でも、2000年5月に自分がヒクソンと闘った『コロシアム2000』に近藤も出場することになりました。第1試合でヒクソンの弟ホイラー・グレイシーの弟子、サウロ・ヒベイロとの試合が組まれたのです。

それで大会直前には、一緒に富士で最終調整合宿を行いました。その時に近藤に言いました。

「一緒に勝とうな。約束だぞ」

「はい」

近藤は、サウロ・ヒベイロにハイキックを見舞って秒殺勝利を収めます。不利と見なされる試合でも約束は必ず守る勝負強い男でした。勝って先に進む者、敗れて闘いの舞台から去る者。『コロシアム２０００』は、そのコントラストが明確な大会になりました。

その後、ＵＦＣ、ＰＲＩＤＥ、戦極、ＯＮＥなどの総合格闘技メジャー団体のリングに上がり闘った近藤は、50歳間近になったいまも現役を続けています。

思い出深き後輩です。

手の甲に「R」の文字！ スポーツマンタイプのバス・ルッテン

パンクラス時代、ウェイン・シャムロックに次ぐ外国人好敵手は、バス・ルッテンでしょうか。後にＵＦＣヘビー級王者となるルッテンとは2度対戦し1勝1敗でした。

93年に鈴木みのるとともにオランダの道場に視察に行き、そこでスカウトしたファイターです。

バス・ルッテン
１９６５（昭和40）年2月、オランダ出身。20歳の時にキックボクサーとしてプロデビュー。93（平成５）年９月の旗揚げ戦からパンクラスに参戦。95年９月、鈴木みのるを破り第3代キング・オブ・パンクラスに就く。99年にはＵＦＣに参戦、２戦目でケビン・ランデルマンに勝利しヘビー級王座を獲得した。２０００年代に入ってからは新日本プロレスのリングにも上がりＩＷＧＰヘビー級、同ジュニアヘビー級王座にも挑戦している。２０１５年にＵＦＣ殿堂入り。

初対決は94年1月、横浜文化体育館大会でした。旗揚げ戦から出場していた彼は柳澤龍志、冨宅飛駈を打撃で秒殺し連勝、パワーは非凡ながら寝技の技術を習得していない粗削りな選手でした。

この時は、グラウンドの展開に持ち込んでアンクルホールドを決め難なく勝利できました。でも2度目の対決は、いまも忘れることができない辛い結果になりました。

「キング・オブ・パンクラス」が制定されたのは、旗揚げから1年余りが経った94年12月でした。同月16日と17日の2日間にわたり初代王座決定トーナメントが開かれたのですが、自分は準決勝でウェイン・シャムロックに敗れてしまいます。

ショックでした。パンクラスのエースである自分が初代チャンピオンになることを多くのファンが期待してくれていたのに、それができなかったのです。実力足らず、それが現実でした。

自分は気持ちを入れ替えて、翌年から土台を作り直し技術習得にも勤《いそ》しみました。すべては、キング・オブ・パンクラスの座に就くためです。

そのチャンスが巡ってきたのは1年9カ月後のことでした。その間に、王者は入れ替わります。初代がシャムロック、2代目は鈴木みのる、そして3代目にバス・ルッテン。

この約2年間でルッテンは、急成長を遂げていました。

ルッテンは過激なファイトが得意だと見られがちですが、実は常に冷静でアスリート然とした選手です。

試合時に手の甲に「R」の文字を書いていましたが、あれは「Rutten（ルッテン）」を示すのではなく「Relax（リラックス）」の頭文字。試合中に熱くなりそうになったら「R」の文字を見て気持ちを落ち着かせるためのものでした。

そんな王者ルッテンに96年9月7日、東京ベイNKホール大会で挑んだのですが、この年の自分は絶好調でした。前年12月から7連勝、ランキングを上げてタイトルマッチに辿り着いたのです。

7月23日の後楽園ホール大会で伊藤崇文に勝利した後、調整期間は十分にありました。まずは故郷・青森に戻り、そこで筋力トレーニングと走り込み。その後、東京に戻り道場でスパーリング中心の練習に身を浸します。渋谷修身と近藤有己にパートナーを務めてもらい、合同練習のある午前中ではなく実際に試合をする夜に時間帯を合わせて最終調整しました。

作戦もしっかり立てました。

スタンドでの打ち合いには付き合わず、グラウンドの展開に持ち込んで足関節を決めて勝つ。それが主たるパターンです。

プレッシャーもかかりました。

本当なら初代王座決定トーナメントでの優勝をファンから期待されていたのです。でも、シャムロックに負けました。それから1年9カ月という長い期間を経ての王座挑戦。さすがに、ここでの負けは許されないと強く感じていたからです。

それでも自信はありました。勝つイメージも出来上がっていたのです。

ところが結果はKO負け。

作戦通りに試合を進めることができず、打ち合いをしてしまいルッテンの右掌底を喰らい何度もダウンを喫してしまいました。何度かタックルを仕掛けましたが、もうカラダに

壮絶な打撃戦となったバス・ルッテン戦（1996年9月7日・東京ベイNKホール）。

力が入りません。ついには何度目かに喰らった掌底で鼻も折られ、最後はレフェリーの廣戸聡一さんに抱えられるようにして試合を止められました。

あまりの惨敗にガッカリしながら相手コーナーに視線を向けると、ルッテンがいます。彼も疲労困憊だったのでしょう。勝って喜ぶのではなくコーナーに座り込んでいました。

（ダメだ。引退だ）

そんな気持ちになっていたところにマイクが手渡されます。勝っても負けても、自分がファンにメッセージを伝えるのが決まりのようになっていました。

「みんな、俺は一生懸命やりました。自分はどうなってもいい、一生懸命生きればそれで結果は仕方がない。でも結果は嘘をつかない。これが俺の結果だよ」

話しながら観客が心配そうに自分を見つめてくれていることがわかりました。

実際、「引退します」と言おうかと思っていたのです。

その時でした。リングサイド近くの客席から声が聞こえました。

「船木、やめないでくれ」

叫びではなく、か細い震えた声です。

その時に我に返り、引退という言葉を発するのを思いとどまりました。そして言葉を続けました。

「いま思っているのは（今日の試合に）悔いはないということです。だけど、俺にはまだやり残したことがいっぱいある。こんなところでやめられねえよ！」

「明日から、また生きるぞ！」

そう話すのが精一杯でした。

尾崎社長が運転する車で会場から事務所に戻り、それから試合のビデオテープを3度見返しました。試合を分析する気力はなく、自分の動きを確認しただけです。朝方、家に戻り少し眠った後、都内のホテルに向かいました。『パンクラス3周年記念パーティ』があったからです。

本当はこの日、キング・オブ・パンクラスのベルトを手にして壇上に上がるつもりでいたのですが、それは叶わずサングラスをかけて傷を隠し出席。なぜかカラダの痛みは感じず、気持ちはボーッとしていました。

家に帰り、ベッドに入ってからカラダに異変を感じます。激しい頭痛に見舞われ、体温を計ると40度を超えていました。それから約1週間、寝込みます。

この間、食事もできず解熱剤とポカリスエットを飲み続けながら、いろいろと考えもします。ルッテンに負けたことよりも「自分はこんなものなのか？　ここで終われないだろう」という自問自答。

ジェーソン・デルーシア
を撃破し、念願の王座
獲得（1996年12月15
日・日本武道館）。

そしてカラダが回復すると、ようやく心も回復。

道場に戻れたのは、ルッテン戦から2週間後でした。

その後、ルッテンが王座を返上。これに伴い「キング・オブ・パンクラス新王者決定トーナメント」が開かれ、10月に神戸で近藤有己を破り、12月の日本武道館大会でジェーソン・デルーシアを破って優勝します。パンクラス旗揚げから3年余り、96年の終わりに自分はようやくベルトを腰に巻くことができました。これがプロレスデビュー以来、初めてのタイトル獲得です。

雨降って地固まる。まさにそれでした。

そして、このチャンピオンになった頃（26～27歳の時）が、自分が一番強かった時期だったように思います。「心技体」が、もっとも充実していました。

リングに上がった時、目の前に誰が立っていても、まったく負ける気がしなかったのです。

あのルッテン戦の敗戦から立ち直ったことが、自分を大きく成長させてくれました。

首も足も決められない…パンクラス日本人最強だった山田学

パンクラスを旗揚げして1年が経った頃、修斗から一人の選手が入団してきました。自分と同じ1969年生まれの山田学さん。自分たちは「山さん」と呼んでいました。

山田学（やまだ・まなぶ）
1969（昭和44）年5月、栃木県黒磯市（現・那須塩原市）出身。90（平成2）年3月にシューティングでプロデビュー。13戦のキャリアを積んだ後、94年にパンクラスに移籍。同年12月の『初代キング・オブ・パンクラス王座決定トーナメント』で決勝進出を果たす。その後もウェイン・シャムロック、バス・ルッテン、セーム・シュルトら強豪外人選手を相手に激闘を繰り広げた。95年にはキックボクシングルールでモーリス・スミスにも挑んでいる。2001年に現役引退。現在は都内で『整体院ビープラス』を営む傍ら格闘技の指導も行っている。

山さんのことは会う以前に『格闘技通信』誌で見たことがありました。修斗の試合で勝った後に両腕に力を込めてマッスルポーズをしていました。

（いい雰囲気を持った選手だな。パンクラスに欲しいな）

そんな風に思ったのを憶えています。

すると数カ月後に、その山さんが「パンクラスに入って試合をしたい」と言ってきたのです。都内のホテルで山さん、朝日昇さん、尾崎社長、自分の4人で会い入団が決まりました。

殺気がある。それが山さんの第一印象です。実際に入団後しばらくの間、それは変わりませんでした。道場で皆と一緒に練習する際にも緊張感を漂わせていました。誰も知っている人がいないところへ修斗から乗り込んできたのですから、警戒心もあったのだと思います。

94年5月にパンクラスのリングで初めて試合をした山さんは、10月までに4勝1敗の快進撃。12月16、17日の両国国技館『初代キング・オブ・パンクラス決定トーナメント』に自分とともに名を連ねました。ここで優勝するためには2日間で4連勝しなければなりません。

初日、自分はロバート・ヨナサン、ヴァーノン・タイガー・ホワイトからともにサブミッションを決めてベスト4に勝ち上がります。山さんもクリストファー・デウィーバー、フランク・シャムロックにアンクホールドを立て続けに決め2日目に駒を進めます。

準決勝で自分はウェイン・シャムロック、山さんは鈴木みのると対戦しました。先に山さんの試合があり、腕ひしぎ十字固めを決めて勝ちます。自分が入場を待っている横を通り過ぎる時、山さんは言いました。

「船木さん、決勝で待ってます！」

殺気を漂わせた表情でそう言われ、強いプレッシャーを感じました。

結局のところ自分はシャムロックに敗れ決勝進出を果たせず、山さんとシャムロックで王座を争うことになりました。

この時に自分は、シャムロックのセコンドにつきました。そして試合中ずっと、山さんが次に仕掛けるであろう技をシャムロックに伝え続けたのです。自分が負けた相手に山さんが勝つのは悔しいという想いもありましたし、UFCでセコンドについていた流れでもありました。

試合は30分時間切れで決着つかず。判定3-0でシャムロックが勝者となりました。上のポジションをキープし続けたのが勝敗のポイントだったのでしょう。でも技を多く仕掛けていたのは、山さんでした。

あの時点でのパンクラス日本人最強は、間違いなく山さんだったと思います。

自分との対戦も一度だけありました。翌95年4月8日、愛知県武道館大会。

特にグラウンドで凄くやりにくかったのをよく憶えています。首が太く短いのでチョークに入るのが難しい。足首も非常に柔らかくて決めにくい。さらに腕力も強く突き入る隙を見出せませんでした。山さんの首の太さは特筆もので、まさに総合格闘技向きの体型をしていたと思います。

攻め方を模索している間に打撃を喰らいヒザをマットにつけダウンを奪われ、最後はヒールホールドを決められ負けます。

その後くらいから山さんは、パンクラス内でも心を許すようになりました。

山さんは、パンクラスにとって貴重な存在でした。試合に実力主義を導入しても、日々同じ道場で練習している仲間に対して非情になることは難しい部分もあったのです。そこに、山さんが現れて緊張感を漂わせてくれました。パンクラスの起爆剤になってくれたのです。

自分は2007年に現役復帰をしますが、そこへ向けての練習を山さんも手伝ってくれました。すでに引退していたにもかかわらず協力してくれる気持ちが嬉しかったです。久しぶりにスパーリングもしましたが、フロントチョークで首を取られました。

(悔しいなあ)

そう思った時に、山さんが言いました。

「船木さん、これが7年のブランクですよ」

殺気はなく、柔らかい表情で——。

格闘人生で最も強烈だった打撃は、セーム・シュルトのボディブロー

山さんの想いがきっかけで、パンクラスのリングに大物外国人選手が参戦したこともありました。身長２１１センチ、体重１１２キロ、「ハイタワー」「巨大格闘ロボット」と称されたセーム・シュルトです。

セーム・シュルト

１９７３（昭和48）年10月、オランダ、南ホラント州ロッテルダム出身。８歳で極真カラテを始める。94（平成６）年から４年連続して大道塾主催の『オープントーナメント北斗旗全日本無差別選手権』に出場し２度優勝。96年からはパンクラスにも参戦し、第９代無差別級王座に輝いた。２０００年以降は、ＵＦＣ、リングス、ＰＲＩＤＥでも活躍。05年以降は所属を正道会館に移す。Ｋ-１を主戦場とし４度（05、06、07、09年）のグランプリ優勝を遂げた。13年、心臓病により現役を引退。

山さんが尾崎社長とともに国立代々木競技場第一体育館で開かれた大道塾の大会を観に

行ったことがありました。その時に、山さんが言ったそうです。

「社長、俺、あいつとやりたいです」

それは、セーム・シュルトのことでした。

尾崎社長が、大道塾創始である東孝代表に相談しシュルトのパンクラス参戦が決まりました。

初めて会った時、まず規格外のカラダに驚かされました。物静かな男で、感情を表に出すことも少ないのですが、そのカラダに圧倒されます。

シュルトのパンクラスデビューは、96年5月16日、日本武道館大会。相手は、シュルト戦を志願していた山さんでした。

リングに上がった二人の体格が違い過ぎました。山さんの打撃が届きません。逆にシュルトのヒザ蹴りが見事に決まり、倒された後にチョークスリーパーを決められてしまいます。あまりにもインパクトの強い試合でした。

この勝利によりシュルトの定期参戦が決定。自分もシュルトと闘うことになりました。
97、98年に3試合しています。
初対決は97年2月の東京ベイNKホール大会。

15歳の時に新日本プロレスでデビューしてから、これほど身長の高い選手と向き合った

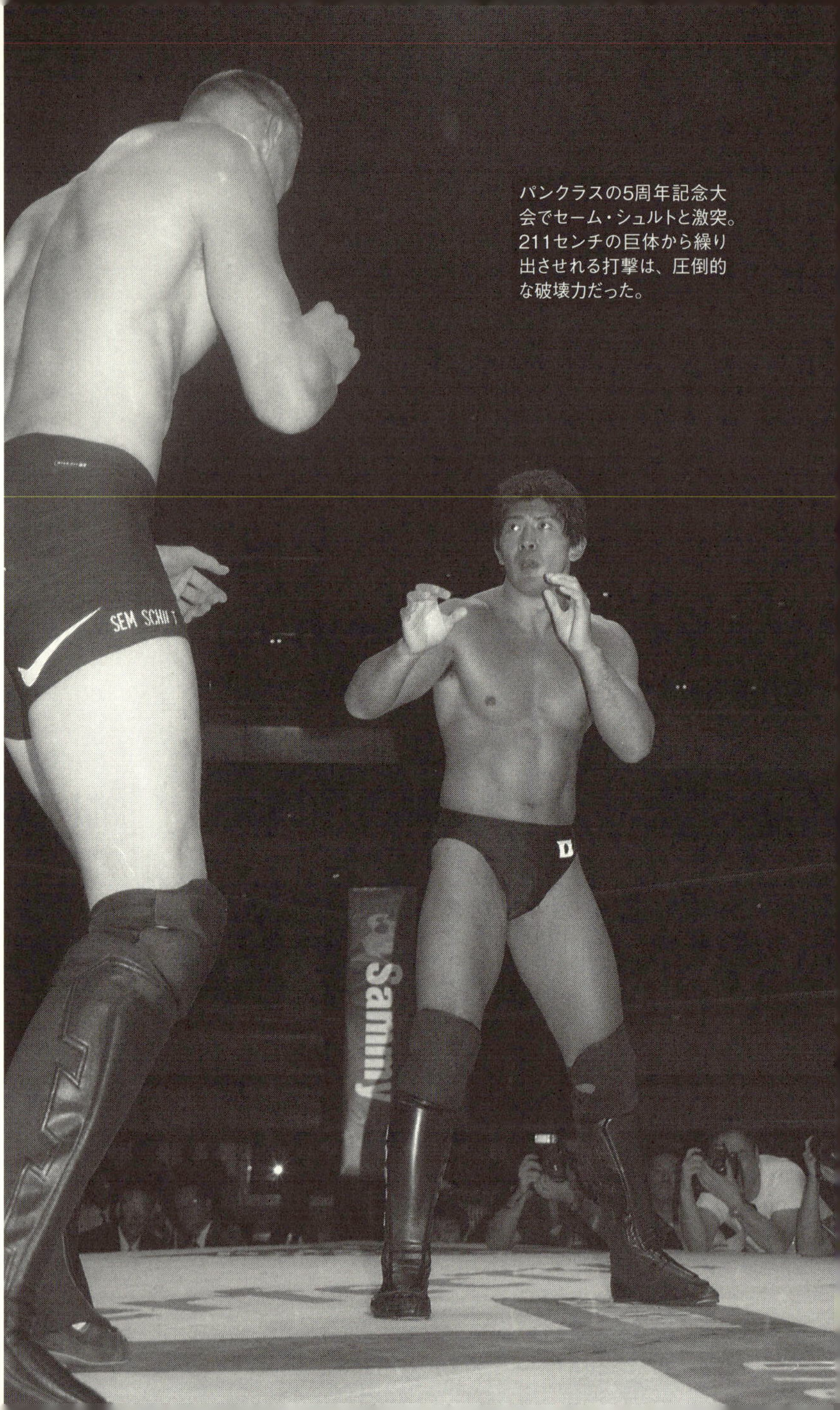

パンクラスの5周年記念大会でセーム・シュルトと激突。211センチの巨体から繰り出させれる打撃は、圧倒的な破壊力だった。

ことはありませんでした。リング上で相手を見上げる感じになります。それでも勝つ自信はありました。身長こそ高いものの当時のシュルトはまだ110キロくらいで、高いグラウンド技術を持ち合わせてはいません。

(寝かせてしまえば何とかなる)

そう考えていました。実際、思い通りの展開に持ち込めてアンクルホールドを決め勝利しました。

驚かされたのは2度目の対決の時です。

約1年1カ月後、98年3月の後楽園ホール大会でした。

(僅か1年余りで、こんなに強くなったのか)

闘いながら、そう思いました。

体重が15キロほど増えパワーアップ、さらに体幹が強化されていました。簡単には倒すことができず、流れでグラウンドの展開になってもサブミッションに対してのデフェンスも習得していました。

初対決の時は子牛だったシュルトが、大人の牛に成長していた、そんな感じです。

結局、15分時間切れ。1つロストポイントを得ていた自分の判定勝ちになりましたが、実質ドローファイトでした。

3度目は、パンクラス5周年記念大会となった、同年9月の日本武道館大会。

この頃になると、シュルトはもう手に負えなくなっていました。

体幹がさらに強くなり、さまざまな技術も体得しています。スタンドレスリングも上手くなり、腰も凄く重くなっていて簡単にタックルを決めることができません。

(どうすればいいのか)

リング上で闘い方を迷いました。

するとシュルトは、ヒット・アンド・アウェイを用いてきます。

遠心力を用いて放たれる蹴りは強烈で、喰らった瞬間にカラダを後方に移動させられてしまいます。吹っ飛ぶというよりも圧し潰される感じでした。手も規格外に大きく上から打ち下ろされる掌打は煉瓦で殴りつけられたように固く、耐えがたいものでした。何とか活路を見出そうとしたものの叶わず、7分過ぎにKOされてしまいました。

最後に強烈なボディブローを喰らいます。

顔や足は打撃を喰らっても、まだ我慢することができます。でも強烈なボディへの攻撃を喰らってしまうと、そうはいきません。気持ちで耐えようとしても、息ができなくなり、苦しくて仕方がなくなるのです。痛いのを超えて苦しんで悶絶。なす術がありませんでした。

これまでのプロレス、格闘技人生において自分が喰らった打撃の中で、シュルトのボディブローは、もっとも強烈なものでした。

自分が現役を一度引退した後にパンクラスの無差別級王者となり、その後はPRIDE参戦、『K-1グランプリ』4度制覇も果たしたシュルト。振り返ると自分は、そこに向かう過程で踏み台にされてしまったように思います。

実はこの日、会場にヒクソン・グレイシーが来ていました。そのことは知っていましたから、ヒクソンの前で大男を倒す自分の姿を見せたかった。

でも、それは叶いませんでした。

第五章

ヒクソンとの対決編

Chapter 5

VS. RICKSON GRACIE

何でもありのパンクラチオン・マッチを導入

ヒクソン・グレイシーと闘うことを意識し始めたのは、高田さんが2度目の対戦（1998年10月11日『PRIDE4』）でも敗れた直後でした。

（次は自分だ）

具体的な話が進んでいたわけではなかったのですが、直感的にそう思いました。当時は「グレイシーvs.プロレス」「グレイシーvs.UWF」が多くのファンから注目されていました。

UWFインターナショナルのエースである高田さんが2度負けた。となると、次にヒクソンと試合をするのはリングスの前田さんかパンクラスの自分。対戦相手を選べる立場にいるのはヒクソンです。根拠はありませんが、ヒクソンは前田さんではなく自分を指名するように感じていました。

ヒクソンと闘うとなれば、パンクラスルールではなくバーリ・トゥードになります。何でもありの闘いに慣れておく必要がありました。そのため、パンクラスルールの試合に加え、パンクラチオン・マッチを大会に導入することにしました。

パンクラチオン・マッチのルールは、初期のＵＦＣに近いものです。目潰し、噛みつき、金的、その3つのみを禁止事項とし、あとは何でもあり。膠着してもブレイクとはなりません。試合時間は15分、ここで決着がつかない場合は判定なしの引き分けとなります。

このルールを取り入れたのには自分がヒクソンと闘う準備をするため以外に、もう一つ理由がありました。

93年にＵＦＣが始まってしばらくすると、米国内を中心にさまざまなところでバーリ・トゥードの闘いが行われるようになっていきました。そこで活躍している選手をパンクラスに招聘しようとしても、話が進まないことが多くありました。パンクラスルールに難色を示す選手が多かったのです。

パンクラスルールは、ＵＷＦルールが土台になっています。オープンフィンガーグローブを着用して顔面を殴打するのではなく素手での掌底。関節技、絞め技を決められてもロープエスケープができます。自分たちにとってはこれが通常の闘いだったのですが、外国人選手には違和感があったのでしょう。海外から強豪選手を招くためにもパンクラチオンルールの導入が必要不可欠な状況になっていたのです。

連動性のある攻めに苦しめられたブラガ戦

98年12月から翌99年9月にかけて、パンクラチオン・マッチを3試合しました。相手はジョン・レンケン（米国）、エベンゼール・フォンテス・ブラガ（ブラジル）、トニー・ペテーラ（米国）。

正直なところ、レンケン戦、ペテーラ戦では充実感が得られませんでした。殺気を醸して向かってくる選手ではなく、ともに秒殺勝利を収めました。しかし、ブラジルからやってきたブラガとの試合だけは違いました。

エベンゼール・フォンテス・ブラガ

１９６９（昭和44）年４月、ブラジル、リオ・デ・ジャネイロ出身。キックボクシング、ルタ・リーブリを学んだ後、95（平成7）年に総合格闘技デビュー。96年に初来日し『ユニバーサル・バーリ・トゥード１』で河村尚久にＫＯ勝利。98年にはＵＦＣに参戦しジェレミー・ホーンに一本勝ちしている。99年7月からは『ＰＲＩＤＥ』で桜庭和志、小路晃らとも闘っている。２００１年6月には『Ｋ-１』で3試合を行い、武蔵と引き分けている。

1999年4月18日、横浜文化体育館大会でブラガと闘いました。ヒクソン戦の約1年1カ月前になります。

ブラガ戦は、自分がこれまでにやってきたパンクラスルールでの闘いとは大きく異なるものでした。一番の違いは試合のリズム。スタンドの攻防で一発を当て、そこから突破口を見出す闘い方を、それまではずっとやっていました。ところがブラガは、打撃と組みの動きを連動させて迫ってくるのです。パンチを打ちながらタックルに入ってきます。自分の攻撃が単発なのに対して、ブラガの攻めは連動性を伴うものでした。

いま考えれば、総合格闘技においてセオリー通りのものなのですが、当時の自分の闘い方はそうではなかったのです。

ブラガは、それほどパワーはありませんでした。シャムロックやルッテン、シュルトの方が力は断然強く、倒されたり関節を決められる感じはありません。それでも動きの連動性とスピードがあるため、そこに対応し切れませんでした。主導権を握ることができず、ブラガに試合をコントロールされ続けてしまいます。

結局、15分を闘い抜いてドロー。納得できる内容ではありませんでしたが、良い経験になりました。ブラガは自分にバーリ・トゥードとは何かを身をもって教えてくれた選手でした。

（負けなくてよかった）

（今日がヒクソンとの対決じゃなくてよかった）

試合後には、そうも思いました。

また、この試合の直前には悲しい出来事がありました。

可愛がっていた後輩の長谷川悟史が3月に転落事故で死亡したのです。ショックでした。

試合後にはリング上で長谷川の名前を叫びました。彼のことをファンの心にとどめて欲しかったからです。さまざまな想いが交錯する中で、ヒクソン戦に突き進んでいきました。

「死を覚悟して闘う」ヒクソン・グレイシー

ヒクソンとの試合オファーを受けたのは99年の秋です。

もちろん、即OKしました。自分はファイトマネーの交渉もしていません。最強と言われ、先輩の高田さんをはじめ数多くの日本人選手を破ってきたヒクソンと闘いたい、それだけでした。

12月15日、東京・全日空ホテルで記者会見が開かれ、そこで正式に対戦発表、調印式が行われヒクソンと近い距離で顔を合わせました。

ヒクソン・グレイシー

１９５９（昭和34）年、ブラジル、リオ・デ・ジャネイロ出身。エリオ・グレイシー家の三男。柔術界最強の男と評され「４００戦無敗」の称号を持つ。94（平成６）年７月『バーリ・トゥード・ジャパンオープン』で日本のリングに初登場し優勝。翌95年４月に同大会連覇。97年10月『ＰＲＩＤＥ１』、翌年同日同所『ＰＲＩＤＥ４』で髙田延彦に連勝。２０００年５月『コロシアム２０００』での船木誠勝戦が最後の闘いとなった。息子のクロン・グレイシーも柔術家、総合格闘家。

その頃、格闘技雑誌でヒクソンのインタビュー記事を読む機会がありました。そこで彼は、こう話していたのです。

「闘いに挑むうえで、死に対する覚悟はできている」

そんな風に考えている外国人選手と、自分はそれまでに出会ったことがありませんでした。新日本プロレス、ＵＷＦ、藤原組、パンクラスを通して。

ヒクソンは生死をかけて自分に向かってくる。ならば自分も死を覚悟せねばヒクソンには勝てないと思いました。そのことが自分の精神状態を追い詰めていきます。

「死を覚悟して闘う」

それがいつしか「死ぬかもしれない」「死ななければならない」という想いにとらわれていくのです。

試合当日までの間、自分の頭の中にずっと「死」という言葉が纏《まと》わりついていました。


決戦に向けての準備期間は十分にありました。その間にできる限りのことをやり、万全のコンディションでリングに上がることを考え、スケジュールを組みトレーニングを開始します。でも、その過程では精神状態の起伏が激しくありました。

追い込んだトレーニングを続けていると疲れがたまり思うように動けなくなることがあります。そんな時は心が沈みます。

(もし今日が試合の日だったら最悪だな)

逆に休みを挟み、体調が上向きの時にはテンションが上がります。

(今日が試合当日だったら絶対に勝てる)と。

ジェットコースターのように精神状態が上下していたのです。

2000年3月には、高橋義生の故郷である高知で強化合宿も行いました。ここでは比較的、精神状態を安定させてトレーニングに取り組めました。トレーナーを務めてくれた高橋、練習相手に山宮恵一郎、レスリング指導者の小玉康二さん、ボクシングを指導してくれていた田代勝久さんらとともに雑音のない中で集中して調整ができたのです。藤田和之選手も来てくれて練習相手をしてくれました。まだインターネットもそれほど普及しておらず、スマートフォンもありません。情報をシャットアウトすることができ、練習、食事、練習、食事、睡眠を繰り返す日々。充実した期間でした。

その後は東京に戻りパンクラス道場で練習を続けました。

大会直前はナーバスな状態に

調子の良い日もあれば、そうでない時もありましたが心身ともに準備が整ってきた感覚はありました。ところが、思わぬ事態が生じます。

試合1週間前、道場で最終のスパーリングをしていた時のことです。

いま思えば、試合直前にあれほど激しいことをやる必要はなかったのかもしれません。気持ちが昂っていました。パートナーを務めてくれた須藤元気とヘッドギアを着用せずに、組みと投げだけではなく打撃も交えた激しいスパーリングをやりました。

グラウンドの展開で上になった時、自分は躊躇なく須藤の顔面にパンチを叩き込みました。その後、形勢が逆転し須藤が上から殴ってきます。

その時でした。一発のパンチで自分の左目上をカット。出血し視界が赤く染まります。何が起こったのかはすぐにわかりました。須藤も動きを止めて言います。

「すみません」

謝られて瞬間的に、感情が動きました。

(何をしてくれるんだ!)

須藤を倒して上からボコボコに殴りつけたのです。直後に高橋義生が止めてくれました。本当は須藤は何も悪くありません。スパーリングパートナーとして自分に協力してくれていたのです。でもあの時、自分は感情を乱しました。

直後にマットに顔をうずめて泣きました。

(左目上を切ってしまった。もう駄目だ。良い状態で試合に挑めない。試合直前に自分にこんな結末が待っていたのか。これまで必死にやってきたことは何だったんだ)

そう絶望してしまったのです。

病院へ直行し傷口を縫い合わせてもらいました。時間が経つと気持ちが落ち着きます。まだ1週間あるんだ、それまでには傷も治るだろう、考えるべきは「いまの状況で最善を尽くすこと」と我に返りました。須藤も同じ大会『コロシアム２０００』での試合を控えていました。にもかかわらず自分の練習に付き合ってくれていたのです。本当に悪いことをしたと思っています。

ヒクソンとの闘い直前、自分は平常心を保てていませんでした。

頭の中にあるのは日々、ヒクソンのことでした。

当日、入場する際に着物姿で本身の日本刀を携えることを決めました。その後には、こんなことも考えてしまいます。

(リングに上がるなり、日本刀でヒクソンを斬りつけてやろうか)

勿論そんなことが許されるはずはないのですが、精神的にそこまで追い詰められていました。

プロレスも格闘技も興行です。ファンの方にいかに楽しんでもらえるか、そのことを自分もずっと考えてきました。でも、ヒクソン戦の時は違いました。

(負けたら死だ、生き抜くためには絶対に勝たなければならない)

それだけでした。

プロレス、格闘技人生において、あれほどまでに切羽詰まった気持ちで試合までの日々を過ごしたことはありませんでした。それだけヒクソン戦は、特別な闘いだったのです。

感情の起伏は激しかったのですが、闘いのプランに迷いはありませんでした。やるべきことは決めていたのです。

「ヒクソンと闘うなら、まず柔術を身につけなければいけない」

そんな風に言う人も多くいました。

いまでこそ打撃系の選手はテイクダウンディフェンスを強化して、倒されないようにしてスタンドで勝負するのがセオリーになっていますが、当時はそうではありませんでした。寝技の強い選手に勝つためには、柔術を学ばなければいけないという風潮だったのです。

でも自分は、そうは思いませんでした。

僅か数カ月で、グレイシー柔術最強と言われるヒクソンのレベルにグラウンド技術が到達するはずがありません。

やるべきは打撃勝負。組み合ったなら倒されない。

そのことを念頭に置いて練習をしました。その作戦は間違っていなかったと思います。

「死ぬのか…」物凄い力で絞められたチョーク

決戦当日、2000年5月26日、東京は晴れ。気持ちよく目覚めました。

会場入りする時は、東京ドームが輝いて見えました。それまでにも東京ドームで試合をしたことが何度かありましたが、その時とは違う感じです。

(自分のために最高の相手、最高の舞台を用意してもらった)

そう嬉しく思いました。できる限りのことはやった、あとはリングで結果を出すのみです。

大会のオープニングで出場全選手の紹介がありました。

その時、自分は表情に笑みを浮かべています。試合に向けてメンタルの向上も目的にクンダリーニヨガを学びもしたのですが、その時にこう言われました。

「大舞台に立った時に笑っていられたら、それは一流の証です」

だからオープニングの時は、笑おうと決めていました。

控室で憶えているのは、タオルに関して迷ったことです。チーフセコンドを務めてくれる高橋がこう言いました。

「絶対にタオルは投げません。船木さんが勝つと信じていますから」

自分は「わかった」と答えました。そこで「タオルは持っていって欲しい」とは言えません。でも少しの迷いがありました。そして、ともにセコンドについてくれる近藤にだけはタオルを渡しておこうかとの思いが頭を過ぎります。でもすぐに思い直しました。

（そんな弱気なところを自分が見せるのは、近藤の将来にとってよくない）と。

タオルはバッグから出しませんでした。

いよいよ試合です。東京ドームには大きな入場ステージが作られていて、長い花道をリングに向かいます。ステージの脇で入場を待っている時、逆サイドにヒクソンの姿が見えました。数メートル先にいるあの男とこれから闘うんだと思うと、全身にドッと疲れを感じました。

（ここに辿り着くまで大変だったなぁ）

この数カ月間のことを振り返ってしまっていました。同時にイベントを無事に成立させることができ、ホッとした気持ちがあったのかもしれません。

自分のテーマ曲が流れてステージに上がり、真っ白い花道を歩き始めます。

「船木、頼むぞ！」

「船木、行ってくれ！」

そんな声が聞こえます。凄い声援を頂きました。すると先ほど感じた疲れが一気に吹っ飛び、テンションが上がってきます。気持ちよくリングに入れ、また周囲もよく見えていました。

リングサイド席に座る藤原さん、ブッチャーこと橋本さん、子供の頃に大好きだった元

2000年5月26日、東京ドーム『コロシアム2000』で、ヒクソン・グレイシーと遂に対峙。

横綱の千代の富士さんの顔が視界に入ります。

相手コーナーにいるヒクソンに目を向けた時は、少し意外な感じがしました。もっと自信満々の表情でいるかと思いきや、そうではなかったのです。威圧感もなくカラダも小さく見えました。

開始のゴングが打ち鳴らされた直後、緊張でカラダが固くすることなく試合に入れました。パンチを交錯させた後、ヒクソンが組みついてきます。テイクダウンは許さず自分がコーナーを背にして数分間組み合いました。

この時は、「いける！」と思いました。

ヒクソンから力強さが感じられません。必死さだけが伝わってきます。

（この程度なのか）

そう思えたほどです。

ヒクソンはすぐに玉のような汗を掻き始め、息使いも荒い。倒そうとして足に手をかけてきましたが、これにも余裕を持って対応できました。自分からフロントチョークを仕掛けていけたくらいです。

だが、この体勢からヒクソンは自ら後ろに倒れフロントチョークから脱出します。グラウンドでヒクソンが下、自分が上に。優位なポジションを得たのですが、それでも寝技に付き合うのは危険だと判断し右のパンチを鉄槌気味に2発顔面に見舞ってすぐに立ち上がりました。

ここでヒクソンがマットに寝て、自分が立っている猪木―アリ状態に。想定していなかったシチュエーションでしたが、取り敢えずヒクソンの足を蹴り続けます。実はこの時、自分のヒザに違和感をおぼえていました。左ヒザの関節が抜けたり入ったりを繰り返しているようなのです。どの場面で傷めたのかは分からず、また痛みもなかったのですが気にはなりました。

ヒクソンの足を蹴っていたのは、1分10秒ほどでした。

これは後から知ったことですが、ヒクソンはこの時に左眼下底を骨折し、また一時的（約40秒間）に両眼の視力を失っていたようです。自分が離れ際に見舞った右パンチのダメージによるものでした。

でもそのことに自分は気づいていませんでした。いや、ヒクソンのセコンドでさえ分かっていなかったでしょう。そんな素振りをヒクソンは、まったく見せなかったからです。視力を失った時、普通ならパニックに陥るはずが、ヒクソンは目に手を当てることもせず、自分に悟られぬように努めていたのです。そのことを知らされた後に映像を見返し、いかなる状況でも平常心でいられるのは凄いと思いました。

時間が経過する中で視力を取り戻したのでしょう、ヒクソンは起き上がってきました。その後に組み合いからグラウンドの展開に持ち込まれてしまいます。今度はヒクソンが上、自分が下です。もっとも避けねばならぬ状況でした。逃れようとしたのですが、ヒクソンの巧みなボディコントロールで、それができません。ならば、できるだけ動かないようにして腕を取られることだけを警戒しました。ヒクソンが上から見舞ってくるパンチは強烈なものではなく、このままの状態を保って何とか1ラウンド目を耐え凌げると思いました。

試合の形式は、15分×無制限ラウンド。

1ラウンド目を乗り切れば、2ラウンドはまたスタンドから始められます。

残り時間を確認しようとセコンドに目を向けた直後でした。瞬時にヒクソンが自分の背後にまわりチョークを決めてきます。完全な形で喉まで腕を押し当てられ、物凄い力で絞められました。

カラダに密着されて逃げられません。痛く苦しい。

(これが、ヒクソン・グレイシーか)

その時、初めてそう実感しました。

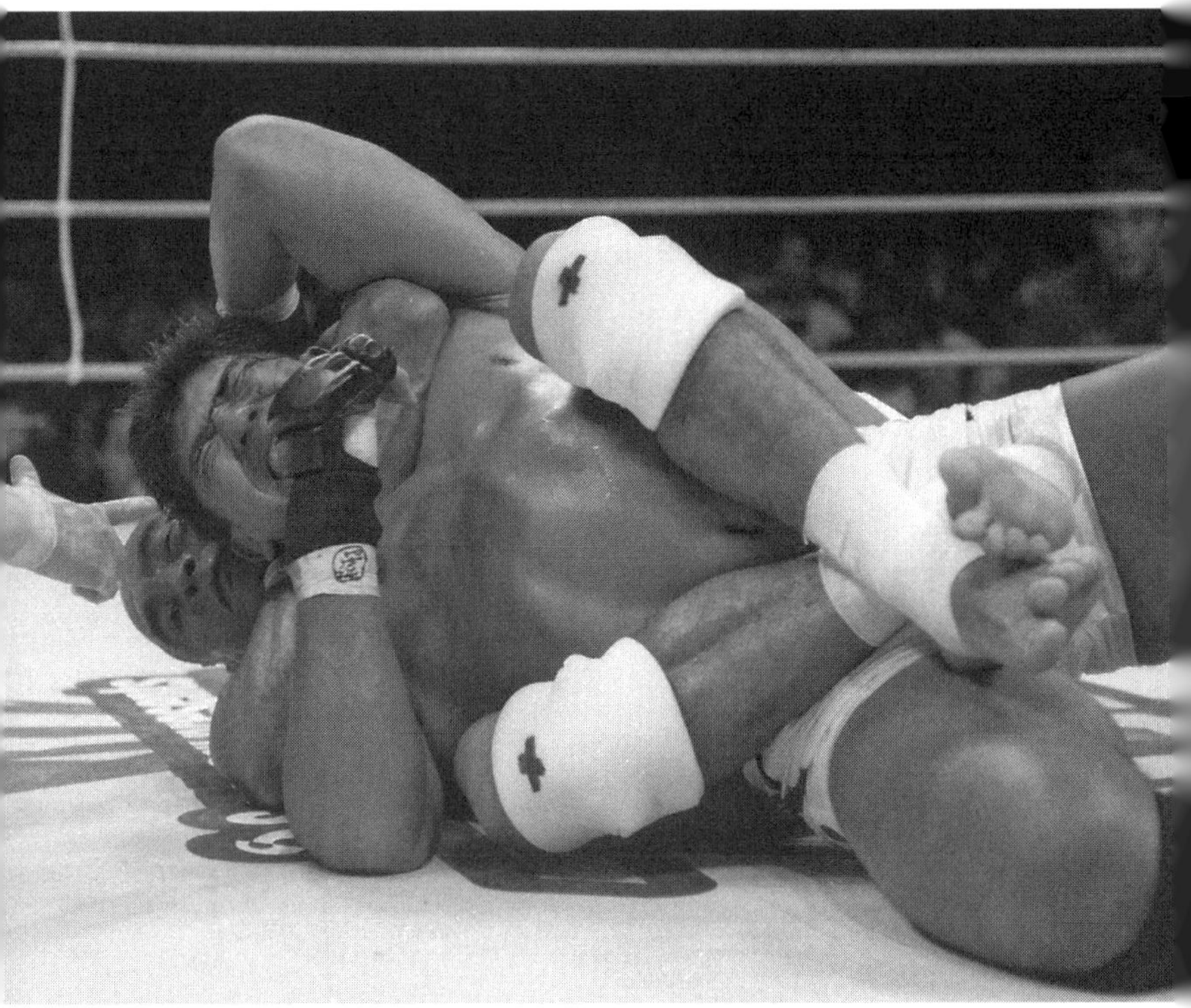

「死ぬんだ…」ヒクソンの強烈なチョークスリーパーで絞め落とされた。

ギブアップだけは絶対にしないと決めていました。ひたすら耐える中で視界が暗くなってきます。

（死ぬんだ）

そう思いながら意識を失いました。

最大の闘いだったヒクソン戦

意識が戻った時、自分は立っていて周囲には多くの人がいました。ブラジル国旗も薄っすらと視界に入ってきます。

（負けたんだ。俺は負けてしまったんだ）

夢から覚めたばかりのような感覚でした。

負けた、そう思うと自分の中に恥ずかしさが込み上げてきました。

穴があったら入りたい、みんなの前から隠れたい、消えてしまいたい――。

一刻も早くリングを下りて帰りたいと思いました。でも、控室に戻るには花道を通らなければなりません。早足で歩きました。

「船木、もう一回頑張れ！」

「まだ次があるぞ！」

ファンの方が負けた自分に温かい声をかけてくれるのが、聞こえました。

でも自分は生死をかけてヒクソンに挑んだのです。負けは死を意味する。次はない、これで終わりだ、そうとしか思えませんでした。

この日は東京ドームという大会場に多くのファンが集まり自分を応援してくれました。なのに何のメッセージも残さずファンを置き去りにして帰るのは狡い、そう感じ花道をステージまで戻ったところで振り向きマイクを手にし、一言だけ話しました。

「15年間、本当にありがとうございました」

この時の記憶も曖昧です。

自分は一緒に花道を引き揚げてきた近藤に「マイクを持ってきてくれ」と頼んだと思い込んでいたのですが、どうやら違ったようです。

２０２０年3月、東京・巣鴨にある『闘道館』での「ヒクソン戦20周年記念イベント」で久しぶりに近藤と会いました。その時に彼は言いました。

「あれは船木さんが、自分でマイクを手にしたんですよ」

ステージ脇に音響を拾うマイクが置かれていて、それを自分で拾ったようです。

一度控室に戻った後、すぐに東京ドームのブルペンに設置されたインタビュースペースに向かいました。そこで正式に引退表明をします。その映像を見返すと自分は、とてもサバサバしています。でもあの時、本当は自分に対して怒っていました。負けたことが悔しくて仕方なかったのです。やけくそになっていました。

もし誰かに「負けたんだから責任を取って死ねよ」と言われたら、迷わず命を絶っていたかもしれません。それほどまでに乱れた精神状態でした。

試合後の記者会見のことも、あまり憶えていないのですが、映像を見返すと、自分は最後にこんな風に話しています。

「ようやく長い闘いが終わりました。格闘技に答えはありませんでした。永遠に闘い続けることのみです」

あれから約四半世紀が経ちます。振り返ってこう思います。

ヒクソン・グレイシーは強かった。でも敗因は自分の経験の浅さ、未熟さにありました。余計なことを考え過ぎてしまっていたのです。

興行を盛り上げなければいけない、大舞台に立った時には笑わないといけない、タオルを近藤に渡すべきかどうか……。

ファイターとしては、もっとシンプルに闘いのことだけに集中すべきだったと思います。当時、ヒクソン41歳、自分は31歳。さまざまな意味においての経験の差が勝敗を決したのではないかと。

敗れはしましたがヒクソンと闘ったこと自体を悔やんではいません。意を決してやったなら勝っても負けても後悔はない。でも恐れてやらなかったなら、そのことを一生後悔する。自分はそう思います。

ヒクソン戦は自分にとって、最大の闘いでした。

第六章 復活編

Chapter 6 RETURN TO THE RING

引退後は俳優業、線路工事の仕事も

ヒクソン・グレイシーに敗れた直後に引退を表明してからの数年間は、二度とリングに上がって闘うことはないと思っていました。15歳の時に新日本プロレスでデビューしてからの16年間は自分にとって濃密な時間で、闘い尽くしたとの想いがあったからです。

「31歳で引退なんて早過ぎる」

そうも言われましたが、自分はヒクソンに本気で勝つつもりで挑み、負けたら死だと考えていました。それに多くの期待を背負いながらヒクソンに挑み敗れた自分が、その後もリングに上がり試合をし続けることは許されないだろう、とも思っていました。

敗戦後は落ち込みましたが、リングを離れても人生は続きます。パンクラスには顧問の肩書きで関わり続けながら、映画が好きだったので俳優として新たな挑戦をすることにしました。

それまでプロレスと格闘技しかやったことがありませんでしたが、すぐに俳優としての仕事を頂きました。

米国映画『SHADOW FURY（シャドー・フューリー）』に主演。この時は体脂肪率を7％まで落としての極限状態で撮影に挑みました。日本でも公開されましたが、残念ながら話題作にはなっていません。

２００３年から放送されたフジテレビのドラマ『Dr・コトー診療所』にも山下努役で出演します。沖縄の離島での撮影は半年近くに及びました。良い経験でしたが、その間ずっと拘束され、ほかの仕事はできません。必死に演技に取り組むもギャランティは僅かなものでした。

映画やテレビドラマの世界は華やかに見えます。でも主役級でない限り、そこに出演しているだけでは生活がままならない俳優が多くいるのが現状でした。自分も、そのひとりだったのです。

期待していたような環境ではありませんでした。

そんな中で生活を支えるために土方仕事をしたこともあります。撮影現場で知り合った俳優さんにアルバイトを紹介してもらいました。

ＪＲの駅と線路を工事する仕事です。終電から始発までの間に行う夜勤作業で約3時間。それで1万円がもらえます。昼間に仕事や取材がある時も毎日のように通っていました。

作業時に着用するヘルメットには「船木」と名前がマジックで記されています。でもマスクで顔を覆っていたので誰にも自分がヒクソンと闘った船木誠勝だとは気づかれませんでした。

一本気な柴田勝頼の決意

格闘技イベントの解説者に招かれたこともありました。2003年からシリーズ化された『Dynamite!!』です。

その時、『Dynamite!!』も運営していたK-1プロデューサーの谷川貞治さんから「現役復帰しませんか」と2回言われました。最初に言われた時の相手はホイス・グレイシー、2回目は秋山成勲さん。でも自分は引退してから、ほとんどカラダを動かしてもいません。この時のオファーはお断りしました。自分はリングに上がってはいけない身だとも思っていたからです。

しかし、テレビの解説などの仕事で格闘技に携わる中で「もう一度闘ってみたい」と思うこともありました。

(自分の居場所はリングなのではないか)と。

2005年に『HERO'S』の会場で前田さんと再会します。それからいろいろと話すようになり「復帰しないか」と持ちかけられました。当時、前田さんが関わっていたプロレス団体『ビッグマウスラウド』のリングに上がって試合をしないか、と。

「UWFをもう一度やりたい、『スーパーUWF』という名前にしてやるから」とも言われました。

その時に「復帰してもいいんだ。それを求めてもらえるんだ」と思いました。

直後から元新日本プロレスの柴田勝頼と一緒に練習を始めます。場所は長州さんのリキプロでした。久しぶりにリングに上がり柴田とスパーリングをしたのですが、思っていた以上にカラダが動きます。柴田を圧倒できました。これなら復帰しても大丈夫だと感じ、練習を続けていたのですが『ビッグマウスラウド』でのリング復帰は叶いませんでした。代表だった上井文彦さんと前田さんが揉めたことで団体が消滅したからです。

それでも練習は続けていたのですが、ある時、柴田が言いました。

総合（格闘技）の試合がしたいです、と。

最初、自分は反対しました。柴田はプロレスラーとしての地位を築いています。でも、総合格闘技で勝つのは簡単ではありません。ここまでのキャリアを壊してしまうのは可哀想だと思いました。

でも柴田は頑なです。

「自分の力を試してみたいんです」

そう言って譲りません。さらには、

「プロレスはやめます」とも言い出しました。

「プロレスをやめなくてもいいんじゃないか」

「いえ、一緒にやったらプロレスに失礼です」

柴田が挑戦したいという気持ちは、よく理解できました。自分にも過去に「強さを追求したい」と心底から思った時期があったからです。

前田さんのところに柴田を連れていき、その後に『HERO'S』に出場することが決まりました。

2007年3月の『HERO'S』名古屋大会で柴田は山本宜久と闘い、僅か9秒でTKO勝利を収めます。その後に『HERO'S』のみならず『DREAM』『DEEP』でも闘い負けることが多々ありましたが、柴田はプロレスで得た地位にしがみつくのではなく真摯に格闘技に向き合っていました。

柴田が『HERO'S』のリングに初めて上がった時、自分はトレーナーを務めていました。そのため柴田がメディアから取材を受ける際に立ち会うこともありました。そこで記者から聞かれます。

「船木さんの復帰は?」と。

いつも自分は「それはないです」と答えていましたが、心の中では「もう一度」との想いが芽生え始めていました。

同い年の桜庭、田村の存在が復帰を決意させた

総合格闘技のリングでの復帰を決めたのは、２００７年初夏でした。

この年の6月に、ロサンゼルスへ行きます。ロサンゼルス・メモリアル・コロシアムで開催された『Dynamite!! USA』でテレビ中継の解説をするためでした。

この大会のメインエベントは「桜庭和志 vs. ホイス・グレイシー」のリマッチ。

自分がヒクソンと闘った25日前に同じ東京ドームで開催された『ＰＲＩＤＥグランプリ２０００』で桜庭選手はホイスと試合をし90分を超える死闘の末に勝利します。これを機に桜庭選手の人気は急上昇していきました。それから7年の時を経ての再戦。

また、田村潔司選手も日本から来ていました。桜庭選手がメディカルチェックをパスできなかった場合のリザーバーだったようです。

桜庭和志（さくらば・かずし）

1969（昭和44）年7月、秋田県南秋田郡（現・潟上市）出身。秋田商高、中央大学でレスリングキャリアを積んだ後、92（平成4）年7月にUWFインターナショナル入門。翌93年8月、スティーブ・ネルソン戦でデビューした。キングダム移籍後の97年12月『UFC-J』に参戦しヘビー級トーナメント優勝。高田道場所属となった98年からは『PRIDE』のリングに上がり総合格闘家としての本領を発揮、ホイラー、ホイス、ヘンゾ、ハイアンらを撃破し「グレイシーハンター」とも呼ばれた。2006年以降は『HERO'S』『DREAM』、新日本プロレス、プロレスリング・ノアなどのリングにも上がった。息子の大世も昨年末にRIZINデビューを果たした総合格闘家。

田村潔司（たむら・きよし）／本名・田村潔（たむら・きよし）

1969（昭和44）年12月、岡山市出身。高校では相撲部に所属し、卒業後の88年にUWF入団テストに合格。翌89（平成元）年5月、鈴木実戦でデビュー。UWF解散後、UWFインターナショナルに移籍すると頭角を現し95年12月にはK-1興行でパトリック・スミスとアルティメット特別ルールで闘い勝利している。96年、リングスへ移籍。98年1月には初代リングス無差別級王者となった。2002年からはPRIDEに参戦し同年11月には高田延彦の引退試合の相手も務めた。現在はU−FILE−CAMPを主宰、後進の指導にもあたっている。ニックネームは「赤いパンツの頑固者」。


この試合は予定通り行われ、桜庭選手がホイスに判定で負けました。放送席で解説していた自分の気持ちは複雑でした。桜庭選手が負けたことに対してではありません。

(自分は何をやっているのだろう)

そう考え込んでしまったのです。

桜庭選手、田村選手はキャリア的には後輩ですが同じ歳です。その二人が情熱を持って闘い続けている。なのに自分は……。この時に「もう一度リングに上がる」と決めました。

日本に帰ってから谷川さんに会いに行き、話をしました。

「復帰したいと思います。もう一度、リングに上がって闘いたいんです」

「わかりました!」

そう即座に言ってくれた後に「じゃあ、対戦相手を考えておきます」とも。

自分には7年以上のブランクがあります。前田さんの勧めで『ビッグマウスラウド』でプロレスラーとしての復帰を考えたことはあったとはいえ、総合格闘技のリングで闘うとなると準備の仕方も違ってきます。

じっくりと腰を据えて取り組み、まずは前座で新たに経験を積むつもりでいました。

そこに谷川さんから連絡が来ます。

「復帰戦は大晦日、サクちゃんでいきましょう」

サクちゃんとは桜庭和志選手のことです。

「エッ」

そう思わず口にしました。

いきなり桜庭選手と闘うことになるとは、まったく想像していませんでした。それも大晦日のビッグイベントで。

「何試合目くらいですか？」

「メインですよ、もちろん」

驚きました。

（これでいいのか）

そうも思いましたが、せっかく用意して頂いたチャンスです。

精一杯やるしかないと覚悟を決めました。

この時すでに自分はパンクラスから離れていました。そのため練習場所を確保しなければなりません。かつての仲間、菊田早苗さんと山さん（山田学）に協力してもらいました。

菊田さんが主宰するジム「GRABAKA（グラバカ）」へ練習に行きます。この7年の間に、みんな強くなっていましたから日々、大変でした。

パンクラス時代の後輩、KEI山宮（山宮恵一郎）もいます。かつて自分がスパーリングを通し技術を教えていた相手との実力が逆転していました。辛い日々でしたが大晦日の試合が決まっていますから、練習をやり続けるしかありません。

山さんの紹介で、大森のゴールドジムにも通いました。そこには多くのプロ格闘技選手が集まっていてスパーリングをするのに適した環境だったからです。

ここでも強い選手ばかり。すでに自分は誰かに技術を教える立場ではなく、練習についていくのに必死でした。山さんに首を決められ「船木さん、これが7年間のブランクですよ」と言われ、浦島太郎状態だったのです。

スキマがない…桜庭和志は関節技の最高の使い手

復帰戦は2007年大晦日、京セラドーム大阪での『K-1 PREMIUM 2007 Dynamite!!』。TBSで全国に放映された大会でした。

この桜庭選手との試合で自分は人生初の減量を経験します。

契約体重のある試合に挑むのが初めてだったからです。プロレスではもちろん、パンクラス時代、ヒクソン戦もフリーウエイトで闘ってきました。

当時、90キロ近くあったと思います。契約体重は84キロ。計量前日のサウナでの水抜きが苦しかったことは、よく憶えています。

試合当日、まったく緊張しません。さらに自分に高揚感が生じないのが不思議でした。リング上で向かい合った桜庭選手は殺気立っています。

(何をそんなに殺気立っているの?)

そう思っていたほどでした。

冷静さを保てていたわけではありません。7年のブランクで、自分の中でファイターとして必要な熱さが失われてしまっていたのです。

試合中にも痛さを感じてしまいました。本来ならアドレナリンが出ていて打撃を受けても痛さなど感じないはずが、そうではありませんでした。

(蹴られると、こんなに痛いんだ)

(関節を決められると、こんなに痛いんだ)

そんなことを思いながら闘っていました。気持ちがふわふわとした感じで何もできないまま、桜庭選手にチキンウィング・アームロックを決められて、アッサリと負けました。

桜庭選手の関節技は実にタイトで、スキマのない仕掛け、決め方には驚かされました。藤原さんと似ている感じです。

当時の総合格闘技において、桜庭選手は関節技の最高の使い手だったと思います。同じ歳とはいえ、後輩に負けたのに不思議と「悔しい」といった感情が湧き上がってきません。それは、復帰2戦目も同じでした。

翌2008年4月、さいたまスーパーアリーナ『DREAM2』で田村潔司選手との試合が決まりました。

田村選手とはUWF時代に道場で幾度かスパーリングをしたことがあります。でも当時、彼はまだ新弟子で相手になりませんでした。それが時を経て強くなっていました。ここでも自分は負けてしまいます。なのに「悔しい」ではなく妙に納得してしまっている自分がいました。

その後、同年9月『DREAM3』で、パンクラス時代の後輩、ミノワマン（美濃輪育久）と試合をし、この時はヒールホールドを決め秒殺勝利しました。でも喜びの感情が湧き上がってくることはありませんでした。

パンクラス時代、そしてヒクソンと闘った時のような熱い気持ちを取り戻すことはできなかったのです。総合格闘技において自分は、ヒクソンに挑んだ試合で燃え尽きていたのだと思いました。

ただ驚いたのは、自分がヒクソンと試合をした2000年の頃と比べてファイトマネーが格段に上がったことです。自分が引退した直後から格闘技界がバブル期に突入していました。

ミノワマン戦を終え、次も総合格闘技のリングに上がって闘うつもりでいた2009年3月、自分の窓口になっていたK-1事務局に武藤敬司さんから連絡が入りました。

「(武藤敬司デビュー)25周年記念大会をやるので船木に参加してもらえないか」とのオファーでした。5月に武藤さんと直接会います。

(せっかく誘って頂いたのだから、1試合だけ全日本プロレスのリングに上がってみよう)

そう思いました。

自分の気持ちを谷川さんに伝えます。反対されるかと思いきや、谷川さんはこう言いました。

「DREAMだと、これからはそんなにお金が出ないかもしれません。船木さん、全日本に行った方がいいですよ」

そんな経緯があって以降、全日本プロレスのリングに上がることになりました。

「フナちゃん、お帰り」武藤＆蝶野とプロレスのリングで再会

自分は19歳で新日本プロレスをやめています。そしてプロレスに復帰したのが40歳。実に21年ぶりの「純プロレス」です。それもいきなりのメインイベント出場、カードが「武藤敬司＆船木誠勝vs.蝶野正洋＆鈴木みのる」だと聞かされて身が引き締まる思いでした。

試合は8月30日、両国国技館。

準備期間は約3カ月です。

総合格闘技とプロレスは違います。プロレスの場合、相手の技をしっかりと受けなければなりません。カラダの動きも変わります。そこに向けての準備が必要でした。

当時は、桜庭選手のジム「Laughter7（ラフターセブン）」で総合格闘技の練習をしていました。それが終わった後に柴田勝頼に残ってもらい、組み合ってプロレスの練習を始めます。また、全日本プロレスが巡業に出ていない時には道場での合同練習にも参加しました。

自分は新日本プロレス出身です。そこでプロレスを叩き込まれました。自分が15歳でデビューした80年代半ば、ＵＷＦもスタートしていましたがプロレス団体として広く認知さ

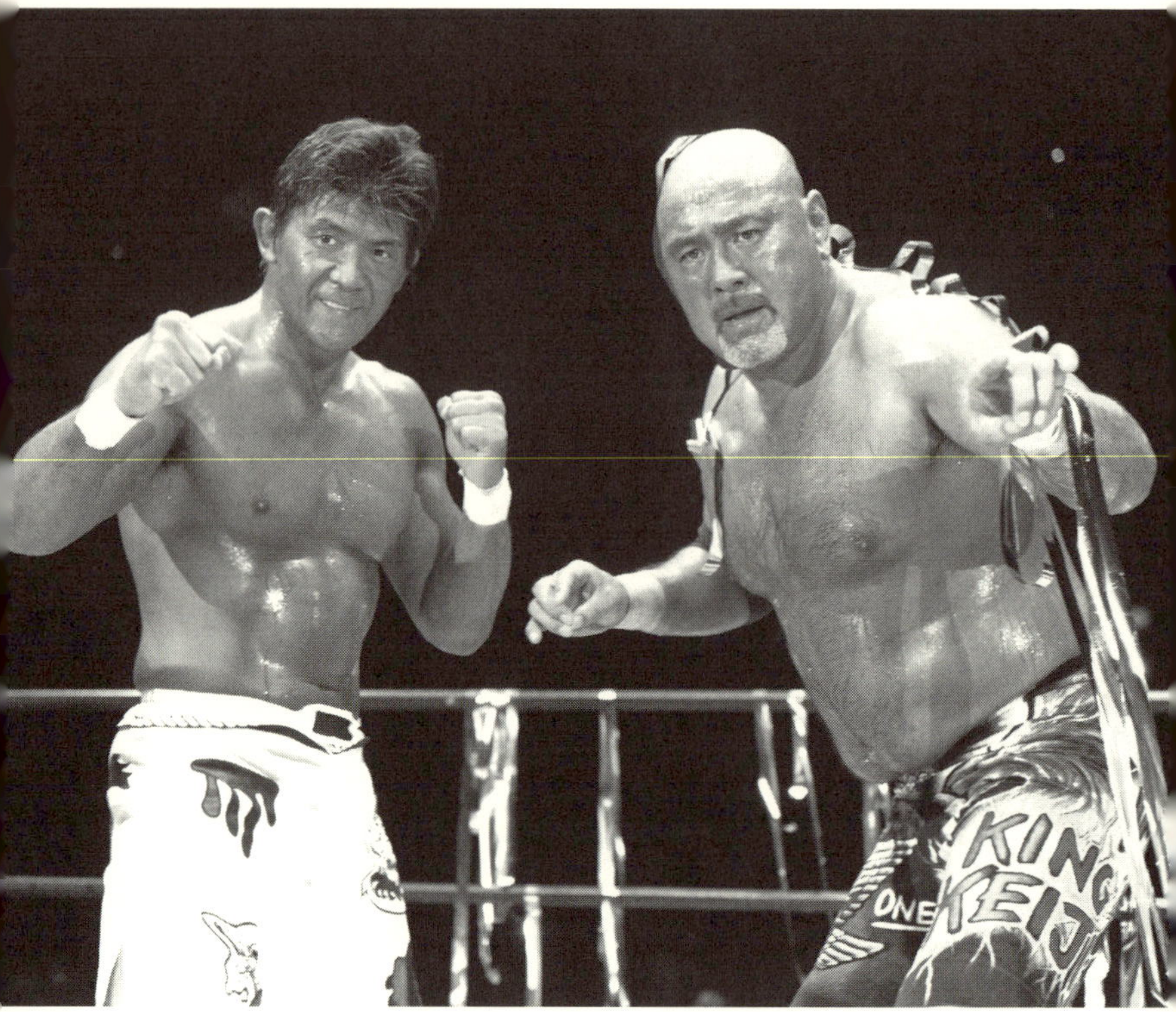

プロレスのリングにも21年ぶりに復帰。新日本プロレスの同期である武藤敬司とのタッグで復帰戦を勝利で飾った。

れていたのは猪木さんをエースとする新日本プロレスと、ジャイアント馬場さんが率いる全日本プロレスだけ。

そして二つの団体のスタイルは異なっていました。まさか自分が新日本プロレスのライバル団体だった全日本プロレスに参戦するとは……とても不思議な気持ちでした。

でも時間が流れる中で、プロレス界自体がすでに変わっていました。何しろ新日本プロレス出身の武藤さんが全日本プロレスのエースなのですから。

練習期間の3カ月はアッという間に過ぎていきます。できる限りの準備はしましたが、久しぶりのプロレスのリングは緊張しました。

武藤さんからタッチを受け、試合開始後初めてロープをくぐりマットに上がった時、相手の蝶野さんがニヤッと笑いました。

（フナちゃん、お帰り）

そんな感じの笑みだったと思います。

でも、それに対して何かを返す余裕など自分にはありませんでした。

この3カ月の間、練習してきたとはいえ実際に試合を重ねないとプロレスの感覚が戻ってきません。

（どこまでやっていいのか、何をやればいいのか、プロレスってこんな感じだったかなぁ）

そんなことを考えながらリング上で動いていました。

19歳の自分がタイムスリップして、21年後にやってきた――。

武藤さん、蝶野さん、そして鈴木までもが老けてベテラン選手になっている。その中で自分だけが若手……そんな感覚にもなりました。

試合は21分19秒に及び、最後は武藤さんが鈴木にムーンサルト・プレスを決めて勝ちます。久しぶりのプロレスは疲れました。10分を過ぎたくらいから貧血を起こした時のように視界が霞んだほどです。もっと場数を踏んでプロレスに慣れていかないと……。思うように出来ず不満が残りました。

それからは全日本プロレスに所属し、レギュラー参戦します。

日本人レスラーで身体能力ナンバー1は武藤敬司

自分をプロレス界に復帰させてくれた武藤さんとは全日本プロレス、そしてWRESTLE-1でもともに行動しました。その間はタッグを組むことが多くシングルでの対戦は一度しかありません。

その一度の対戦は2020年9月10日、全日本プロレス後楽園ホール大会。武藤さんにとっては、ヒザの手術を経ての復帰戦でした。

武藤さんと自分は同期ですが、実は新日本プロレスのリング上ではほとんど絡んでいません。デビューが自分よりも半年早かった武藤さんは、時間を置かずして海外武者修行に出ています。そのためシングルマッチで1回、タッグマッチで1回試合をしただけでした。

時を経て全日本プロレスでの対戦になりましたが、武藤さんのスタイルは基本的に新日本プロレスのときと同じです。小気味よいリズムで技を繰り出し自分のペースを築いていきます。

ただ一つ、変わったなと思ったのは以前よりも相手の技を受けるようになっていました。自分が打撃を繰り出すと、それをすぐに遮るのではなくしっかりと受けてから反撃してくれました。

プロレスラーは多くの技を繰り出せばよい、というわけではありません。技の数が増えれば増えるほど、一つ一つの技の印象度が希薄になる場合もあります。

その点、武藤さんは凄いなと思いました。

シャイニング・ウィザード、ドラゴンスクリュー、足四の字固め。

この3つで展開を作り、ここぞの場面でムーンサルト・プレスを繰り出します。シンプルでありながら技の一つ一つに説得力を宿していました。

この時、ムーンサルト・プレスも喰らいました。実に85年7月以来、約四半世紀ぶり。何も変わっていません、同じリズム、同じインパクトで自分に降ってきました。身体能力において、武藤さんが間違いなく日本人レスラー・トップです。ヘビー級のプロレスラーで、あそこまでバネを利かせた動きのできる選手はいません。だからこそ世界にも通用したのでしょう。

この頃すでに武藤さんのカラダは怪我でボロボロだったと思います。それでも技のキレは以前と変わっていないと感じました。体力の衰えをカバーして余りあるプロレスセンスの持ち主、そして持久力も衰えていませんでした。

試合は30分時間切れ引き分けに終わります。

闘い終えて、何歳になっても「プロレスラー武藤敬司は天才だ」と実感しました。

様変わりした今のプロレスに驚き

話をプロレスに復帰した時に戻します。

当時、驚かされることが多くありました。すでに業界は多団体時代に突入していて新日本、全日本云々ではなくプロレスそのものが変わっていたのです。

新日本プロレス時代はすべてその場のアドリブで試合をしていましたが、そうではなくなっていました。それぞれの選手に得意技があります。それをしっかりと受ける、そのうえで自分の得意技も繰り出して試合を作るという方程式が出来上がっていました。ですから、対戦するであろう選手全員の得意技を理解して覚えねばなりません。これには結構、苦労しました。

（プロレスも随分と変わったなぁ）

そう思いながら日々リングに上がっていました。

武藤さんとタッグを組むことが多く、ほとんどがメインエベントですから、さらに緊張します。

かつては必殺技を繰り出すのは1試合で1回でした。

それが2回も3回も4回もあります。タイトルマッチになるとさらに時間が長くなり5回、6回あるのが普通でした。受け身を取るのも大変です。

パンクラス時代は、実力至上主義を掲げ相手の技を受けることがありませんでした。でもプロレスに「受けの美学」は欠かせません。40歳にして日々、新しいことに挑戦する想いで試合をしていました。そして毎晩、湿布を貼ってやっていました。

一番破壊力があった投げ技は、諏訪魔のラストライド

そんな全日本プロレス時代に闘った中で、もっとも思い出深いのは諏訪魔選手です。対戦数も、もっとも多かったと記憶しています。メリハリをつけた試合ができる相手でした。

諏訪魔（すわま）／本名・諏訪間幸平（すわま・こうへい）

１９７６（昭和51）年11月、神奈川県藤沢市出身。中央大学時代にはレスリング部主将を務める。卒業後はクリナップに就職し競技を続け全日本のトップ選手として活躍した。馳浩にスカウトされ２００４（平成16）年、27歳で全日本プロレス入門。08年4月、決勝で棚橋弘至を破り『チャンピオン・カーニバル』優勝、直後に佐々木健介を倒して三冠ヘビー級王座にも就いた。その後、同王座8度戴冠。世界タッグ王座も8度奪取している。得意技／ラストライド、バックドロップホールド。

諏訪魔選手とは『チャンピオン・カーニバル』で2度、三冠ヘビー級タイトルマッチでも3度試合をしました。

カラダが大きく、頑丈な選手です。１８８センチ、１２０キロの巨体ながら、レスリングで培った体感力を活かしての動きは機敏で、さらにスープレックスは強烈でした。バックドロップ、ジャーマンスープレックス、サイドスープレックス、ダブルアームスープレックス、フロントスープレックスなどすべて使ってきます。

それだけではなく巨体を利してラリアットも見舞ってきますから受けるのが大変で、連戦になるとカラダにダメージが溜まりました。

中でももっとも破壊力があったのはラストライド（二段階式超高角度パワー・ボム）。2メートル以上の高い位置からマットにカラダが叩きつけられるので受け身を取るのが大変で、最初の頃は食らうごとにかなりのダメージを負っていました。

さすがに、これは何とかしないとカラダが持たない。そう思い受け身をいろいろと研究しました。

西村修選手が、こうアドバイスをくれました。

「落とされる時にヒジを出せばいい」

やってみたのですが、自分の場合は上手くいきませんでした。ヒジを出すとマットについた際に頭部を激しくバウンドさせてしまいます。

その後も試行錯誤し、辿り着いた結論はシンプルなものでした。持ち上げられた瞬間に

全日本のリングで名勝負を繰り広げた諏訪魔。必殺技のラストライドは最もキツかった投げ技だった。

カラダの力を抜き、マットに落とされる瞬間にグッと力を込めます。これを繰り返しやっているうちに、ようやくダメージを最小限に抑える受け身が取れるようになりました。

自分がこれまでリング上で喰らった投げ技の中で諏訪魔選手のラストライドが、もっともきついものでした。

諏訪魔選手に対して、自分は蹴りまくります。諏訪魔選手は真正面から受けてくれます。どれだけ蹴ったかわかりませんが彼のカラダは頑丈でした。

「レスリングvs.打撃」

諏訪魔選手との試合は常に20分以上に及ぶのですが、スリリングな展開を体現できました。諏訪魔選手は両手が自分の胴体にまわれば、いかなる体勢からでも投げを見舞ってきます。それに耐え自分は打撃で反撃する。観客が大いに沸いているのが闘いながらわかりました。

武藤さんからも、こう言われました。

「フナちゃんと諏訪魔の試合はいいよね。一見《いちげん》さんにも凄さがちゃんと伝わるから」

組み立ては実にシンプルなのですが、だからこそお互いに思いっきり技を繰り出せて迫力ある展開が作れたのだと思います。

誰とでも面白い試合に…随一の試合巧者だった秋山準

自分は新日本プロレスのリングでは一度も腰にベルトを巻いたことはありませんでしたが、全日本プロレスでは三冠（ＰＷＦ＆インターナショナル＆ＵＮ）ヘビー級王者になりました。

２０１２年８月26日、東京・大田区総合体育館。王者・秋山準選手に挑んだ試合です。あの時に自分は初めて全日本プロレスを体感した気がします。

秋山準（あきやま・じゅん）

１９６９（昭和44）年10月、大阪府和泉市出身。高石高校入学後にレスリングを始め、インターハイ、国体に出場。専修大学ではレスリング部で主将を務める。在学中の92（平成4）年2月に全日本プロレス入団記者会見を行い「ジャンボ鶴田二世」と期待された。同年9月、小橋建太戦でデビュー。以降、プロレス四天王と並ぶ五強と目され全日本の看板選手となる。２０００年7月、三沢光晴らとともにプロレスリング・ノアに移籍。翌01年7月には三沢を破りＧＨＣヘビー級王座を獲得した。12年末にノアを退団し再び全日本プロレスのリングに上がり、現在はＤＤＴプロレスリングに所属している。

秋山選手は、ジャイアント馬場さんから直接指導を受けています。そのためでしょうか、試合をしながら普通の選手とは違うなと感じました。まず体幹が強い。そして、受けと攻めのバランス、技を切り返すタイミングも絶妙で、どんな大型選手とも対等にやり合っていました。あの曙さんが相手でも、パワー負けしているようには見えないのです。

闘い方のマニュアルを作らないタイプでもありました。自分のスタイルを押し付けるのではなく、相手に合わせて試合を上手に組み立てていけるので、誰が相手でも面白い試合にしていました。

かつてＮＷＡがアメリカンプロレスの中心だった時代、チャンピオンには卓越した技量が求められたと言われます。その技量とは、どのようなタイプの選手と試合をしてもしっかりと会場のボルテージを高めること。

ＮＷＡ世界ヘビー級チャンピオンは、全米をまわってタイトルマッチを行います。挑戦者は、その地区のトップファイター。よって、相手選手の良さを存分に引き出すことが求められました。秋山選手は、そんな役割もこなせる懐の深いプロレスラーのように思います。これまでに自分が対戦してきた選手の中でも一、二を争う試合巧者でした。

三冠王座に挑んだ時、自分から仕掛けました。すると秋山選手はそれに応えてくれます。打撃を繰り出せば、打撃で返してくれて最後は張り手合戦に発展しました。
この時の試合時間は4分37秒。三冠ヘビー級タイトルマッチにおける最短タイムでした。リング上で腰にベルトを巻いた時、サイズが合わずぶかぶかでした。後から雑誌に載った写真を見ると何とも不恰好。お願いして自分用の穴をベルトに開けてもらったのも、いい思い出です。

対戦相手で最も重かった曙！ 試合は大変だったけど、リング外ではいい人

プロレスのリングで、もっとも重さを感じた選手、それは間違いなく曙さんでした。元大相撲の横綱のサイズは、身長204センチ、体重223キロ。その巨体が迫ってきた時には、凄まじい圧力を感じました。

曙（あけぼの）／本名・曙太郎（あけぼの・たろう）
1969（昭和44）年5月、米国ハワイ州オアフ島出身。東関親方（元高見山）に見込まれ大相撲入り。88年春場所で初土俵を踏み、90（平成2）年秋場所で新入幕。92年夏場所に

初Vを飾り、通算優勝11回。93年初場所後に第64代横綱（外国人初の横綱）に。２００１年、角界から引退。03年大晦日には『Dynamite!!』のリングに上がりボブ・サップと対戦し大きな話題となった。以降、総合格闘技、プロレスのリングに上がり続ける。三冠ヘビー級王座、世界タッグ王座をはじめ数多くのタイトルを獲得、ＷＷＥのリングにも上がった。24年、心不全により死去。享年54。

曙さんと試合をするのは正直、嫌でした。

カラダが大き過ぎて技を仕掛けることができないからです。ローキックはともかく、それ以外の蹴り、掌打は効きません。圧力をかけられて押し潰されると重くて苦しくて仕方ありませんでした。

思い切ってバックドロップを仕掛けたこともありましたが、重すぎてカラダを持ち上げることができません。それでも強引に投げようとすると一緒に後方に倒れ、逆にこちらがダメージを負ってしまいました。

スタミナはありませんでしたが、瞬間的な強さでは群を抜いています。相撲で圧倒的な強さを誇った理由も身をもって知りました。

試合をするのは嫌でしたが、普段はとてもフレンドリーで好感が持てる方でした。元横綱ですから、プライドが高く偉そうにしているのかと思いきや、そんなことはまったくありません。自分たちと一緒のバスに乗って試合会場を移動します。みんなと一緒にいることを楽しんでいるようでした。

遠征先では、よく飲みにも誘ってくれました。酒が入るとさらに陽気になり、いろいろな話を聞かせてくれて、一緒にいる選手たちとよく笑い合っていました。さらに気配りの人で、いつも飲み代はすべて払ってくれるのです。

そんな曙さんが昨年（2024年）、他界しました。自分と同じ1969年生まれです。

（早過ぎるだろう）

そう思い、涙しました。

リング上で押し潰された時の苦しさと、一緒に飲んでいる時の横綱の屈託のない笑顔が忘れられません。

意外にゴツくて動きが速かったヴォルク・ハン

全日本プロレス在籍時の2012年12月には、イレギュラーな試合もしました。

前田さんからのオファーでヴォルク・ハンの引退試合の相手を務めたのです。この時は多くのファン、関係者を驚かせたと思います。

ヴォルク・ハン

１９６１（昭和36）年４月、ソビエト連邦ダゲスタン共和国出身。学生時代にレスリングを学び、その後にサンボに転向。全ソ連サンボ選手権で２度優勝している。特殊部隊、警察組織で軍隊格闘術の教官も務めた。91（平成３）年12月からリングスに参戦。卓越したサブミッション技術を活かし勝利を重ね人気選手となる。また冷酷な佇まいも注目を集めた。リングス戦績42勝（40一本＆ＫＯ）14敗１分け。引退後はロシアに格闘技道場を設立し後進の指導にもあたった。息子のジャマル・ガムザトハノフは柔道選手として国際大会で活躍している。

「ヴォルク・ハンとリングスルールで試合をして欲しい」とのオファーを前田さんから頂き、それを受けることにしました。

12月16日、横浜文化体育館大会。

リングスはすでに一度解散していて、ＯＵＴＳＩＤＥＲ（アウトサイダー）との合同イベントだったように記憶しています。

1990年代後半、自分が率いていたパンクラスとリングスの関係は険悪でした。そのため、前田さんの主催イベントに自分が出場することに違和感をおぼえたファンの方が少なからずいたかもしれません。でも、パンクラスを離れて約10年が経っていて自分の中に何のわだかまりもありませんでした。むしろ前田さんとの関係性は新日本プロレス、UWF時代に近いものに戻っていたのです。

むしろ自分は、こんなことを考えていました。

（もしUWFが解散した時に藤原組に行かず、前田さんについて行っていたら自分はどうなっていたのだろう）

そうしていればパンクラスは存在しなかったと思います。自分はリングスで世界の強豪と闘い続けていたかもしれません。

その雰囲気を前田さんに少しでも味わってほしい気持ちもあり、ヴォルク・ハンとリングスルールで対峙することにしました。

彼とリング上で向かい合った時に思いました。

（意外と大きい。それにカラダがゴツゴツしている）

もっとカラダの線が細いようにイメージしていたのです。

自分はヴォルク・ハンの全盛期を知りません。対戦した時、すでに51歳で10年ぶりの試合でした。

でも試合開始直後に驚かされます。アグレッシブに攻め込んできて、動きも凄く速い。

試合形式は15分１本勝負でした。

(この動きを15分間続けられたら、さすがについていけない)

そう思って少々、慌てました。

でも案の定、ヴォルク・ハンは途中から動けなくなります。おそらく久しぶりの試合が嬉しくてハッスルし過ぎたのでしょう。最後の方はヘトヘトになりながらも楽しそうに試合をしていました。

結果は15分時間切れ引き分け。

試合後に彼と少しだけ話をしましたが、見た目のイメージとは違い明るくフレンドリー。また前田さんを慕っていることもよくわかりました。

本当なら交わることがなかったはずのヴォルク・ハンと試合ができたことは、自分にとって良き経験になったと思います。

圧倒的なパワーと心の強さ！　最強の日本人プロレスラーは藤田和之

最強の日本人プロレスラーは誰か？

その答えは語る者によって異なると思いますが、自分の場合は藤田和之選手です。レスリング能力、パワーは日本人の中では圧倒的で、さらに心の強さも持ち合わせていました。

藤田和之（ふじた　かずゆき）

1970（昭和45）年10月、千葉県船橋市出身。日本大学卒業後、新日本プロレスに就職、重量級のアマレスラーとして全日本王者に2度輝くなどの活躍をした。96年11月、永田裕志戦でプロレスデビュー。2000年1月からアントニオ猪木事務所所属となりPRIDEのリングで闘うようになった。同年5月にはマーク・ケアー、8月にはケン・シャムロックに勝利しすぐに頭角を現す。新日本プロレスのリングにも並行参戦、01年4月にはスコット・ノートンを破り第29代IWGPヘビー級のベルトも腰に巻いた。フリーでの活動時期を経て現在はプロレスリング・ノアに所属。第2代IGF王者、第37代GHCヘビー級王者。

藤田選手と初めて会ったのはパンクラスを旗揚げした1993年、場所はパンクラスの道場でした。レスリングの先輩である高橋義生が連れてきたのです。当時はまだ180センチ、90キロくらいで、いまに比べれば細っそりとした感じでした。

これから新日本プロレスに入社し、レスリングでアトランタ五輪を目指すと本人から聞かされた後に高橋が言いました。

「こいつ面白い奴なんですよ。手を見てください」

手を見て驚きました。

大きいだけではなく、異常なほどに厚みがあるのです。まだカラダが大きくなる前でしたが、当時からただならぬ雰囲気を自分は感じました。

次に藤田選手と会ったのは2000年初頭です。新日本プロレスをやめ、アントニオ猪木事務所の所属となりPRIDEに参戦することが決まっていた時でした。猪木事務所には決まったトレーニング場がなかったようで、パンクラスの道場に練習に来ていたのです。自分がヒクソン戦に向け調整している時期でした。

この時、藤田選手と初めて手合わせをします。お互いにフェイスガードとオープンフィンガーグローブを着用してグラウンドでの顔面打撃もありのフルスパーリングをしました。藤田選手が、いきなり得意のタックルを仕掛けてきます。それに合わせて自分は顔面に

日本人離れしたパワーと強いメンタルでヘビー級の強豪外国人選手と渡り合った藤田和之。

ヒザ蹴りを見舞いました。きれいに入った感触があったのですが、藤田選手は動きを止めることなく突進してきます。そのまま吹っ飛ばされ、自分は倒されて上のポジションを許してしまいました。

とてつもないパワーと同時に、絶対にテイクダウンを奪うという強い意志がこもったタックル。こんなにも凄まじいタックルを見舞われたのは、この時が初めてでした。

この年の1月30日に藤田選手はＰＲＩＤＥに初参戦しハンス・ナイマンに一本勝ち、5月にはマーク・ケアーにも勝利します。

その後、２０００年に引退した自分は、その3年後の２００３年大晦日に神戸ウイングスタジアムで開かれた『イノキ・ボンバイエ２００３〜馬鹿になれ夢を持て〜』にテレビ解説の仕事で行きました。この大会に藤田選手も出場していてプロボクサーで元ＩＢＦ世界クルーザー級王者のイマム・メイフィールドと対戦しスタンディングで肩固めを決め圧勝しています。

この時すでに藤田選手はヘビー級における日本人トップの総合格闘家に成長、メインエベンターとしての風格も漂わせていました。

頑張ってるな、と思い放送席で嬉しく感じました。まだこの時、自分は現役復帰を考えていませんでしたから、藤田選手と試合をすることなど想像もしていませんでした。

しかし、藤田選手も自分もプロレスのリングに戻ることになります。そして、タッグマッチで2度、シングルでも2度だけ対戦しました。

初対決は2017年11月、中国のプロレス団体・東方英雄伝の日本旗揚げ戦となる後楽園ホール大会でした。藤田選手はケンドー・カシン選手と、自分は中国人選手と組みメインエベントで試合をしました。2度目は2019年6月、リアルジャパンの後楽園ホール大会。この時も藤田選手はカシン選手と組み、自分はスーパー・タイガー選手とのタッグでした。

そして3度目はシングル対決。同年12月、同じくリアルジャパンの後楽園ホール大会、4度目は2021年、プロレスリング・ノア後楽園ホール大会です。シングル対決は負けて勝っての1勝1敗でしたが、自分にとっても思い出深き試合内容になりました。それはプロレスであってプロレスでなかったからです。打撃、グラップリング、グラウンドの攻防で互いが持つ技術を競い合い、それをプロレスに当てはめる感じの試合でした。

闘っていて藤田選手のパワー、心の強さを存分に感じることができました。それは、彼が総合格闘技の世界で培ってきたものを試合に出してくれたからだと思います。

藤田選手の強さを語る時、よくパワーが挙げられます。その通りだと思います。日本人で藤田選手ほど屈強な外国人選手相手に互角以上に闘えた選手はいません。でも、それだけではなくメンタルの強さがありました。特に総合格闘技に挑む際には、準備期間中に心の浮き沈みが生じます。でも藤田選手は、それを一定に保つ強い心の持ち主でした。やると決めたらやり切ることに迷いがない男なのです。

自分は藤田選手こそが、総合格闘技でのキャリア、フィジカル、メンタルにおいて最強の日本人プロレスラーだと思っています。

禁断の電流爆破マッチのリングへ

2015年6月、WRESTLE-1を退団しました。以降はフリーとしてリングに上がることになったのですが、この年の11月に大阪に移住。いまも大阪を拠点として生活しています。

新たな人生の始まりでした。

フリーになりましたから、さまざまな団体のリングに上がることになります。これにより個性豊かな多くのプロレスラーとリング上で対峙する機会を得ました。長くプロレスラーをやっていると、思わぬ展開が生じることもあります。その中でもファンの方がもっとも驚かれたのは大仁田厚選手との有刺鉄線電流爆破マッチではないでしょうか。

大仁田厚（おおにた あつし）

1957（昭和32）年10月、長崎市出身。73年、「新弟子第1号」として15歳で全日本プロレスに入門。翌74年4月、佐藤昭雄戦でデビュー。80年に海外修行に旅立ち、82年3月、米国ノースカロライナでチャボ・ゲレロを破りNWAインターナショナル・ジュニアヘビー級王座を奪取し帰国。以降、全日本プロレスのリングでジュニアヘビー級のエースとして活躍した。怪我により85年1月の最初の現役引退。88年12月、グラン浜田戦で現役復帰し翌89（平成元）年にFMWを設立した。以降、ノーロープ有刺鉄線電流爆破マッチで一気にブレイク。「涙のカリスマ」と呼ばれ多くのファンを魅了する。2001年から6年間、参議院議員も務めた。引退、復活を十数回繰り返し現在もリングに上がり続けている。

大仁田さんと自分はファイトスタイルが、まったく違います。FMWとUWFはともにプロレスですが方向性は真逆ですから、リング上で交わることはないと思っていました。初遭遇は2016年3月、徳島市立体育館『アレクサンダー大塚20周年記念大会』でした。同大会のメインエベントで「アレクサンダー大塚&冨宅飛駈&船木誠勝vs.大仁田厚&保坂秀樹&マグニチュード岸和田」の6人タッグマッチを行いました。

（船木、プロレスやるんだな）

　この時、大仁田さんは自分に目をつけたのだと思います。すぐにデスマッチオファーが来ました。少し迷いましたが「フリーになったので何にでも挑戦だ。やってみよう」と決めます。同年4月と6月に後楽園ホールにおいてノーロープ有刺鉄線タッグマッチで大仁田選手と絡んだ後、いよいよシングルで対戦することになりました。

　7月24日、エディオンアリーナ大阪（大阪府立体育会館）第2競技場、『超花火プロレス』のリングでした。試合形式は「3WAYバット有刺鉄線ボード電流爆破デスマッチ」。3本の電流爆破バットと有刺鉄線電流爆破ボードが公認凶器となります。

　大仁田さんはTシャツを着用していましたが、自分はいつも通り上半身裸、ショートタイツでリングに上がりました。この試合形式は初めてでしたから緊張はします。それでも「いつも通りに試合をすればいい、電流爆破は喰らわなければ大丈夫」と思っていました。

　この試合は18分59秒のロングファイトになりますが、意外だったのは大仁田さんが序盤にレスリング攻防に付き合ってくれたことです。

（こういうスタイルもできるんだな）

　ちょっと驚きました。

　場内は凄い熱気です。ファンが期待しているのは大仁田さんと自分のレスリング攻防ではありません。どこで電流爆破が起こるかです。電流爆破バットを手にする前にコーナーにあるボタンを押します。その瞬間、バットに電流が流れ、同時にブザー音が場内に鳴り響く。こうなると場内の盛り上がりは最高潮に達します。

試合終盤に自分が電流爆破バットを手にしました。それで大仁田さんを思い切り殴りつけます。物凄い熱さを感じました。直後にフォールの体勢に入るもカウント2で返されます。再度、電流爆破バットで大仁田さんを殴りつけてカウント3を奪い試合は終わりました。

電流爆破バットで殴りつけられるのは絶対に嫌だと思っていましたが、殴るのには快感が伴いました。これは、やってみて初めて気づいたことです。

マイクパフォーマンスでプロレス界に風穴を開けた大仁田厚と長州力

この試合は「爆破王」のタイトルマッチでもあり、そのベルトが腰に巻かれます。その後も驚かされることがありました。自分は控室に戻り記者からのインタビューを受けていたのですが、その間、大仁田選手はリングに残り絶叫を続け、客席にペットボトルの水をまき散らしているのです。これが「大仁田劇場」――。

正反対のスタイルである“邪道”大仁田厚とも対戦。

大仁田さんの試合は、アトラクションでした。レスリングで魅せるのではなく、電流爆破で観る者を興奮させ最後はマイクで締めるのです。そのやり方でファンを引っ張っていきます。これも一つのプロレスの形なのでしょう。

プロレスは生き物です。時代の欲求に応じて姿を変えていきます。

その過程でマイクパフォーマンスの導入が、プロレスを大きく変化させたと自分は思っています。そのスタイルを確立させたのが大仁田さんと長州さんだったでしょう。馬場さん、猪木さんが培ってきた正統派のスタイルに二人が風穴を開けました。これに多くの若い選手たちが影響を受け現在に至っています。

試合後に控室で電流爆破装置を作っているスタッフの方から言われました。

「もう本当に危ないですから上半身裸でやるのはやめてください。次からは濡らしたTシャツを必ず着てください。事故を起こしたくありませんから」

翌日、裸になって鏡の前に立つとカラダに赤い点ができていて幾つもの火傷を負っていました。大仁田さんを電流爆破バットで殴りつけた際に火花が自分のカラダにも飛んだのだと思います。以降は濡らしたTシャツを着てリングに上がるようにしました。

腕が折れても平然！ 大仁田厚の凄み

２０１６年から17年にかけての約１年間、電流爆破マッチに身を浸しましたが、その間に、

（大仁田さんは凄いな）

と感心したこともあります。

とにかく大仁田さんは、捨て身で試合をしていました。リング上で自分は思いっきりミドルキックを見舞っていきます。大仁田さんはそれを腕をクロスさせて受けるのですが、お世辞にもディフェンスが上手いとは言えず、２回も骨折しました。でも、

「折れたぁ」

そう叫び、痛みに耐えながら、試合は普通に続けていました。

捨て身の姿勢を崩さぬことで「大仁田劇場」を築いたのです。もし前田さんと試合をしてボコボコにされた後でも大仁田さんはマイクパフォーマンスをするのだろうな、そう思いました。

もう一つ、感じたことがあります。

大仁田さんは、それまでに日本にはなかった「ハードコア」と呼ばれるデスマッチを導

入しFMWを人気団体に導きました。

（他団体と同じことをやったのでは埋もれてしまう。何か違うことをやらなければファンを振り向かせることはできない）

そう考えたのでしょう。これは自分がパンクラスを旗揚げした時の想いと共通していま す。他のUWF系団体と同じことをしたのでは、前田さん、髙田さん、藤原さんを相手に自分では勝負にならないと思いました。そこで完全実力主義を掲げ、実際に道場でやっていることをファンに見てもらうことにしたのです。

FMWとパンクラスのスタイル、方向性は真逆ですが「他とは違うことをやる」という点では同じでした。

様々なリングが自分のプロレスの幅を広げてくれた

その後も超花火プロレスに参戦し電流爆破マッチを何度か行いましたが、いつまでもやっていたかったわけではありません。そろそろけじめをつけたいと考えていた頃、2017年2月に大仁田さんとの2度目のシングル対決が組まれました。場所は東京・エスフォルタアリーナ八王子で「爆破王」のベルトをかけての試合です。

この時は、前回とは逆で大仁田さんに電流爆破バットで殴りつけられました。背中を殴られたのですが、とてつもない衝撃でした。痛いと同時にムチャクチャ熱いのです。背中から火花が上がるのを見ながら倒れて敗戦。「爆破王」のベルトは本来あるべき場所に戻りました。

（もう電流爆破マッチはいいかな。今後、やることもないだろう）

そう思っていたのですが、それから約5年後の2022年に再びオファーが届きます。今度は大仁田さんと闘うのではなくタッグを組みました。

9月23、24日の2日間、大阪・花博記念公園鶴見緑地ハナミズキ付属展示場で西村修選手、ミスター・ポーゴ選手と対戦しました。「電流爆破バット10本&ダブルミサイル・クラスター電流爆破デスマッチ」と題された通り、約5年前と比べて仕掛けがさらに派手になっていました。そこら中に電流爆破装置が仕掛けられているので、かなりの緊張感があります。対戦相手との勝負とは別の意味での緊張です。何しろ爆破装置は本物ですから、一つ間違えば大怪我を負いかねません。

この時は2日目の試合で正面から電流爆破バットで殴りつけられてしまいました。

電流爆破デスマッチを経験して思ったのは「あまりやりたくない」ということです。子供の頃に、アブドーラ・ザ・ブッチャー&ザ・シークvs.ザ・ファンクスの大流血戦をテ

リングに復帰後は様々
な団体に上がり、多く
の発見があったと語る。

レビで観て気持ちが悪くなってしまったくらいですから、もともとデスマッチには向いていません。

でも、デスマッチの虜になっている選手にも出会えたことで彼らのプロレス観に触れられたのは貴重な経験でした。

田中将斗選手、関本大介選手、「ヤンキー二丁拳銃」こと宮本裕向選手と木高イサミ選手、竹田誠志選手……。彼らのカラダの固さには驚きました。動きが硬いのではありません。組み合って触れると皮膚がワニのように固いのです。ガラス、蛍光灯の破片、釘などが幾度も突き刺さっているうちに皮膚がそのような状態になったのでしょう。そして彼らは痛みを苦にせず好んでハードコアなデスマッチに身を浸しています。

大仁田さんも腕が折れようとも、痛みを気にすることなく試合を続けます。彼らと同じようにデスマッチの虜になっているのだと思いました。ストロングスタイル、UWFスタイルの対極にあるハードコアなデスマッチ、これもプロレスの一つの形なのです。

2009年夏にプロレス復帰してから約16年。

この間、新日本プロレス、UWF、パンクラス時代とは違い、多くの団体のリングに上がりました。そして、ストロングスタイルを基調とした試合のみならず、デスマッチ、時にはコミカルファイトも経験。さまざまなタイプの選手たちとの遭遇が、自分のプロレスの幅を広げてくれました。

そして、この先にもプロレスにおける新たな発見があるのだと思います。

15歳で入門、38歳で復帰。自分の人生はプロレスに救われています。

プロレスに感謝――。

エピローグ
EPILOG

もし、新日本ではなく全日本に入門していたら？

プロレス、格闘技のリングで自分が闘ってきた選手たちについて振り返ってみました。いかがだったでしょうか？

まだまだ書き足りないこともあります。また時間を置いて続編を綴ってみたいとも思っています。

YouTube配信をしていることもあり、自分のプロレス、格闘技人生を振り返る機会が多くあります。気がつけばデビュー40周年。我ながらよく闘い続けてこられたなと感じています。新日本プロレスの前座で試合をしていた10代、ＵＷＦ、藤原組、パンクラスのリングに上がっていた20代の頃には、まさか50歳を過ぎても現役選手でいるとは夢にも思っていませんでした。

人生は、人と出会い、その時に自分が置かれた状況によって大きく変わります。自分もそうでしたし、皆さんも同じではないでしょうか。

「もし、あの時に○○を選んでいたら」

「もし、○○に出会っていなかったら」

過ぎ去った時間は戻せませんから人生に「もし」はないのですが、そんなことを考えることが時々あります。後悔とか、やり直したいというのではなく単なる妄想です。もし、自分が15歳の時に新日本プロレスではなく、全日本プロレスに入門していたならどうなっていただろうか？　猪木さんではなくジャイアント馬場さんの下で育てられていたら……。

そんなことも考えます。おそらく同じプロレスラーでもまったく違った人間になっていて、異なる人生を歩んでいたことでしょう。

新日本プロレス時代、若手だった自分たちが全日本プロレスを意識していなかったかといえば、そうではありません。もちろん全日本プロレスの選手と交わる機会はありませんでしたが、テレビ中継は必ず録画し合宿所でみんなで観ていました。ライバル団体がどんな試合をしているのか、どんな展開になっているのかには大いに興味があったのです。

もちろん猪木さん、坂口さん、藤波さんたちがいる前で全日本プロレスの話をすることはありません。でも合宿所では、全日本プロレスについて意見を交わすこともありました。

「全日本のプロレスの方がいいんじゃないか」

「自分に合っているんじゃないか」

全日本プロレス中継を観ながら、そんな風に話していた選手が2人だけいました。

後に「ザ・コブラ」になるジョージ高野さんと武藤さんです。後に武藤さんは全日本プロレスの社長になってしまうのですが、若い頃から自らのプロレスのスタイルについて考えていたのだと思います。

当時の自分には、そんなことを考える余裕がありませんでした。毎日を生きることに精一杯。

(猪木さんに怒られないようにしないといけない)

そのことで頭がいっぱいの時期でした。

ただ、隣の芝生は青く見えるではないですが、「新日本プロレスは不安定、全日本プロレスは平和」「猪木さんは怖いが、馬場さんは優しそう」というイメージは抱いていました。

新日本プロレスの大会では度々、暴動が起こります。予定通りに物事が進まず、いつも落ち着きません。自分たちは、そのたびにあたふたし緊張に包まれるのです。何が起こるか分からない新日本プロレスに対して、全日本プロレスは安定していて平和な感じがするのです。

また、毎日のように猪木さんに怒られていたからでしょうか、お会いしたこともない馬場さんが優しそうに見えました。

(全日本プロレスに入っていたら、もう少し落ち着いた毎日を過ごせたのかなぁ)

本気で全日本プロレスに行きたかったわけではないのですが、そう考えたこともありました。自分の中に緊張感に耐えられない部分があり、平和な環境を欲していたのかもしれません。

自分の新日本プロレス入門と近い時期に全日本プロレスに入ったのは、小川良成さんです。全日本プロレスに入っていたら小川さんにくっついていたように思います。さらには2代目タイガーマスクになった三沢光晴さんに憧れ、海外武者修行の先はメキシコだったかもしれません。食が合わず、痩せて帰ってきたような気がします。その後はプロレスリング・ノアに行っていたのでしょうか……。

人生は置かれた状況次第で大きく変わります。もちろん妄想ですが、新日本プロレスに入門していなかったら「格闘技志向」にならず、ヒクソン・グレイシーと闘うこともなかったかもしれません。

ちなみにジャイアント馬場さんを、近くで見たことが2回だけあります。

最初は14歳の時。青森の弘前市民体育館に全日本プロレスの大会を観に行った時でした。試合が終わった後、通路から控室を覗くと凄く近いところに馬場さんが立っていました。

(でかい!)

遠くの席からリング上で見るよりも、間近で目にする方がカラダの大きさを実感できました。

2回目は1990年、東京スポーツ新聞社が制定するプロレス大賞の授賞式です。当時、自分はUWFに所属していて敢闘賞を頂きました。そこに馬場さんも来ていて目のあたりにしたのですが、この時もカラダの大きさに圧倒されました。

話すどころか、挨拶をしたこともありませんから「優しそう」という想いもイメージに過ぎません。自分の馬場さんに対する印象はプロレスファンだった時のままなのです。

50代でもコンディションが良い理由は…

「船木さんは元気ですね。同期の武藤さんや蝶野さんは満身創痍なのに」

よく、そんなふうにも言われます。

武藤さん、蝶野さんとは2009年にプロレス復帰して以降、何度もともにリングに上がりましたが、確かに満身創痍で試合をしていました。

プロレスラーに怪我はつきもの、同時に肉体も消耗していきます。これぱかりは避けようがありません。

1試合に相手の技を幾度も受けます。仮に1試合で受け身を5回取ったとして、年間

75歳となった恩師・藤原喜明とタッグを結成（2024年7月14日、『闘宝伝承2024』）。

200試合ならば受け身1000回。それを20年続けたなら受け身2万回。いくら上手に相手の技を受けたとしても肉体にはかなりのダメージがもたらされます。また自ら仕掛けた技をかわされることもあります。特にこれがヒザや腰を苦しめるのです。

武藤さん、蝶野さん、いや長く現役を続けているプロレスラーが肉体に多大なダメージを負っているのは当然なのだと思います。

自分も怪我に見舞われ長期欠場をしたこともありますし、肉体的ダメージもあります。それでも比較的元気でいられるのは、休養期間があったこと、格闘技に専念した時期があったことと無関係ではありません。

2000年5月にヒクソン・グレイシーに敗れた直後に自分はリングから離れました。復帰したのは2007年大晦日。一度リングを離れたことで復帰した際には試合感覚を取り戻すのが大変でしたが、約7年半の間、カラダを休められたことは結果的に良かったと思っています。その間に肉体的ダメージを抜くことができたからです。

また、格闘技に専念した時期が長くあったことも、いま元気にリングに上がれることに好影響を及ぼしています。新日本プロレスでの前座時代、ヨーロッパ遠征ではシリーズ中はほぼ毎日のように試合をしていました。でもUWF、藤原組、パンクラス在籍時にリングに上がっていたのは月に1度か2度。そのために相手の技を受けることにより生じる肉体的ダメージを軽減できたようにも思います。

プロレスと格闘技は、肉体維持においても違いがあります。

カラダの耐久性がプロレスには特に求められます。　格闘技の場合は、相手の技を受けないように闘いますが、プロレスではそうはいきません。互いに技を繰り出し合い試合を構成するために、受け身は必須。格闘技では一瞬にして選手生命を絶たれる危険性が高く、メンタルコントロールも難しいのですが、実はプロレスの方が肉体的ダメージの蓄積は大きいのです。もし、ずっと新日本プロレスを辞めずに年間約200試合を続けていたなら、自分は現在のようなコンディションを保ててはいなかったでしょう。

加えて食生活を20代後半に改善できたことも大きいと感じています。新日本プロレスの新弟子時代は「とにかく、いっぱい食べろ!」「カラダを大きくしろ!」と言われ無我夢中に大食いを繰り返していました。

でもこのやり方では、闘いに適したカラダ造りはできませんし健康も保てません。パンクラス旗揚げ前に肉体改造について深く考え実践したことが、いまに大きくつながっています。

いまが一番、プロレスが楽しい

２００９年にプロレス復帰した後、自分は全日本プロレスの所属になりました。それから約6年間、団体のバスに揺られ日本全国を旅する生活をしました。

再びリングに上がりプロレスがやれるようになったことは嬉しかったのですが、巡業のバスでの移動中にはいろいろなことを考えます。２０１１年3月に東日本大震災が起こった時も自分はバスでの移動中でした。時間が流れ、世の中も変わっていく。そんな中で自分は、これからどうなっていくのだろうと不安な気持ちになってしまうのです。

新日本プロレスの新弟子時代にもバスでの巡業は経験していました。あの十代の頃は何もわからず、その日その日を生き抜くのが精一杯で何も考えていませんでしたが、40歳を過ぎ家庭を持つようになると考えることも多くなります。

（いつまで自分はバスで揺られて過ごすのだろう？）

そう思い続け、先が見えていませんでした。

全日本プロレス退団後は、武藤さんとともにＷＲＥＳＴＬＥ‐１に移籍。約2年後に同団体を離れフリーとなり、それを機に大阪への移住を決めました。

現在は大阪に居を構えて、妻（上写真・右）、息子（下写真・左）に囲まれて、穏やかで充実した日々を送っている。

団体に所属せずフリーで活動することに不安がなかったわけではありません。でもフリーになるからこそ開ける展望に期待を抱きました。以降はオファーを頂いた団体のリングに上がり試合をすることになります。

フリーになってからの10年間、さまざまな試合をしました。

その少し前までは、まさか大仁田さんと有刺鉄線電流爆破マッチをやるとは考えてもいませんでしたし、新日本プロレスの先輩・谷津嘉章さんが「義足レスラー」となってから闘うとも思ってもいませんでした。75歳になった恩師・藤原さんと、いまになっても一緒にリングに上がっているのも自分の中で驚きです。

でも、これらも含めてすべてがプロレス――。

プロレスというジャンルは奥が深いだけではなく、幅が広いことも身をもって知りました。十代、二十代の頃に抱いていたものとは自分の「プロレス観」も変化したように思います。

自分がプロレス界に入った時は新日本と全日本しかありませんでしたが、いまはそうではありません。正確に数えたことはありませんが地域密着型の小規模なものも含めれば、日本に100近くのプロレス団体があるのではないでしょうか。かつて、プロレスラーになることは特別な意味を持ちましたが、いまはそうではありません。良い悪いではなく、

これも時代の流れ。プロレスがやる人、観る人の両方にとって距離の近いものになったように感じています。

ただ、一つ言えるのは自分にとって「いまが一番楽しくプロレスがやれている」ということ。それは、既成概念に縛られることなく自由にリングで動けているからでしょう。大阪に移り住んだことも正解でした。何歳までできるかはわかりませんが、体力が続く限りこれからもリングに上がりファンの方の期待に応えられる試合をやり続けたいと思っています。

「いまが一番楽しい」この生活を守る為に、これからも闘い続けます。

ともにリングに上がり、自分と闘ってくれた幾多のファイター、プロレスラーの想いも胸に抱きながら——。

「明日からまた生きるぞ!!」

2025年3月吉日　船木誠勝

船木誠勝（ふなき・まさかつ）

1969年3月13日生まれ。青森県弘前市出身。中学校卒業後、新日本プロレスに入門し、1985年に15歳で当時最年少デビューを果たす。以降、UWF、プロフェッショナルレスリング藤原組を経て、1993年、24歳の時に自身の団体「パンクラス」を旗揚げ、完全実力主義を標榜し、カリスマ的人気を誇る。2000年にヒクソン・グレイシーと対戦後に現役を引退。2007年にK-1 Dynamite!!でリング復帰し、2009年には全日本プロレスでプロレス復帰。2013年にはWRESTLE-1の旗揚げに参加。2015年にフリーとして活動を開始。50歳を超えた今も様々なリングで活躍中。

【主な獲得タイトル】第4代・第6代 無差別級キング・オブ・パンクラス、第45代三冠ヘビー級王座、第17代世界ヘビー級王座、第8代・第12代レジェンドチャンピオン

構成／近藤隆夫
カバー・本文デザイン／小林こうじ
写真／山内猛、藤村ノゾミ
協力／株式会社SATURN、湯川禎哉（闘宝伝承）

船《ふな》木《き》誠《まさ》勝《かつ》が語《かた》る
プロレス・格《かく》闘《とう》技《ぎ》の強《きょう》者《しゃ》たち

2025年4月7日　初版第一刷発行

著　者　　船木誠勝
発行所　　株式会社竹書房
〒102-0075　東京都千代田区三番町8-1
三番町東急ビル6F
email：info@takeshobo.co.jp
https://www.takeshobo.co.jp
印刷・製本　中央精版印刷株式会社
